Edition : Books on Demand,
12/14 rond-Point des Champs-Elysées, 75008 Paris
Impression : BoD - Books on Demand, Norderstedt,
Allemagne
ISBN : 9782322189618
Dépôt légal : novembre 2019

Marie FOGLIA

Lettre à un chevalier
A l'absolue noblesse de cœur

PREMIERE PARTIE

Peu importe combien le voyage sera dur,
Et combien la liste des châtiments sera lourde,
Je suis le maître de mon destin,
Je suis le capitaine de mon âme.

Invictus, William Ernest Henley

Bien distinguer le Moi idéal, celui dont on rêve ou dont nos parents ont rêvé pour nous et l'idéal du moi, qui consiste à être celui ou celle, qui est le meilleur ou la meilleure pour soi-même.

Patrick Foglia, 22 juillet 2015

FORT – DE – FRANCE

LA GALERIA JOUR 1

— Monsieur Foglia ?

Je ne le connais pas, je ne l'ai jamais vu avant, mais c'est le seul homme autour de moi, qui ressemble le plus à un directeur d'institut. Je me suis postée devant lui. Il est assis près de la fontaine dans la galerie marchande où nous avons rendez-vous, un classeur dans les mains, absorbé dans la lecture de documents. Il marque un temps d'arrêt, lève lentement le regard et me sourit. Un sourire simple et chaleureux. Le choc. Je le reconnais, c'est lui. Je l'attends depuis toujours.

J'ai le temps de surprendre un éclair vite évanoui dans ses yeux. Des yeux verts, couleur de savane et de forêt.

— Oui, c'est moi... Madame Graduel, je suppose ?

Il se redresse et déplie sa stature. Grand, brun, baraqué, impressionnant. Je remarque que son fin costume de lin clair est froissé. Certainement pas repassé après le séjour dans les bagages. Nous avons rendez-vous ce midi pour un entretien. Je verrai si je souhaite travailler dans son institut pour aider des stagiaires à préparer le concours de professeur des écoles.

— Voulez-vous que l'on aille se restaurer ? Je vous expliquerai ForProf pendant ce temps.

— Je veux bien, mais accordez-moi cinq minutes, je vais déposer un dossier à la banque.

C'est le dossier dûment rempli et signé de demande de prêt que nous déposons mon compagnon et moi, pour acheter une maison en bord de mer, dans le sud de l'île. Nous avons enfin eu l'accord de la banque.

La formalité effectuée, je le suis dans la galerie. Je le suis, ou plutôt je marche à ses côtés. Il a une démarche souple de félin. Et j'ai l'impression d'avoir trouvé ma place, que je pourrai marcher près de lui, toute la vie.

— Comme cela votre sœur est malade ?

— Ah ?!

Je réfléchis avant de comprendre le mensonge de ma sœur et de répondre :

> — Oui, oui, elle se remet difficilement de son accouchement, elle est un peu dépressive. Le baby blues peut-être.

Il me regarde, visiblement amusé. La paresse de ma sœur, prof de français, - en pleine forme - a décidé de mon destin. Sans m'en avertir, elle a communiqué mes coordonnées, quand elle s'est rendue compte qu'il y avait des corrections à faire, en plus des cours.

Nous nous installons après avoir commandé un repas dans un des snacks du patio.

Il m'explique le principe et le fonctionnement de son institut, des stagiaires, de la matière que j'aurai à enseigner.

J'entends sa voix, presque dans une brume. Il est déterminé. S'exprime avec une conviction crue et abrupte. Il n'a pas le discours précautionneux et compassé des profs que je côtoie. Il balaie mes remarques timides d'un revers de main.

Il touche à peine aux nems qu'il a commandés et me fournit des plannings et des dossiers tout au long de l'entretien.

Pendant qu'il déroule le fil de mes futures interventions, je me questionne en paraissant l'écouter attentivement. J'ai tout le loisir de l'observer. Il a le front haut, des pattes un peu grisonnantes sur les tempes et qui descendent sur ses mâchoires carrées. Il est ramassé pour parler. On dirait un chasseur. Je voudrais qu'il n'arrête pas de me parler. Qu'il n'arrête pas de m'expliquer, les cours, la vie, tout ce qu'il veut.

C'est l'évidence. Je viens de tomber amoureuse pour la première fois depuis longtemps. Depuis la mort de mon premier mari, il y a dix ans.

Quel âge peut-il avoir ? Il est plein de vigueur et d'énergie. Quarante-cinq ans ? Quarante- sept ? Il doit être marié ? Mais il n'a pas d'alliance. Il doit forcément vivre avec quelqu'un ? A tout le moins, une prof agrégée de français ou de maths peut-être ? Non, de français, cela lui correspond mieux.

Ah ! Il me parle de sa fille qui a regretté la disparition des toboggans dans la cour de l'école quand elle est rentrée au CP. Mon Dieu ! Il a des enfants si petits ? Donc d'une jeune femme et d'une union récente.

Ce n'est pas pour moi. Le rêve s'écroule avant d'avoir commencé.

— Alors ? Vous en pensez quoi ? C'est votre domaine, la didactique, non ? Il ne manque plus que votre RIB. Vous l'envoyez à ma collaboratrice. Vous commencez samedi prochain. Je vous rappelle d'ici là.

Mon RIB ? Les cours ? Samedi, à la fin de la semaine ? Mais j'ai dit oui à quoi ?

C'est exactement cet homme que je voulais. C'était lui que j'attendais ! Mais il vit avec une prof de français et a une petite fille de 6 ans. Je suis moi aussi en couple et je viens de signer avec la banque pour l'achat d'une maison. C'est inenvisageable.

Je retourne à ma voiture le cœur empli de regrets, mais habitée d'une énergie nouvelle.

L'ANSE TRABAUD

2002

C'est dimanche. Jour de plage. C'est un rituel qu'aiment beaucoup les « métros » comme on les appelle sur l'île. « Métros » pour métropolitains. Ils viennent d'abord pour la prime des quarante pour cent de vie chère, ensuite pour le fantasme de paresse et de vie au soleil qu'offrent les îles. Il faut entretenir le hâle. Mais surtout les relations entre soi. De temps en temps quelques antillais participent à ces journées.

Je surprends toujours. Je suis noire, mais née et élevée ailleurs, je ne pense pas comme les gens des îles et résiste aux classements où l'on voudrait m'enfermer. Mon compagnon se plaît à constater l'étonnement quand il me présente.

Nous nous sommes rencontrés deux ans plus tôt lors d'un stage. Il est charmant, a quinze ans de plus que moi, des yeux bleus dont il est très fier, fait beaucoup de sport pour présenter une silhouette parfaite et musclée. Mais il est petit, ce qui le complexe et le rend très jaloux. Je ne me permets le port de talons hauts que j'affectionne, uniquement au travail. Il a deux filles d'une union précédente, mais qui le boudent. J'ai été séduite par son apparente bonté, son calme et sa culture. Il m'a fait une cour empressée et attentionnée. Il a déménagé pour s'installer avec moi là où je le souhaitais, côté atlantique, près de mon école et du collège de Gilles, mon fils.

Mais un an après, l'endroit ne lui plaisait plus et il a entrepris de rechercher une maison plus au sud de l'île.

Là où habitent non plus les békés, blancs créoles, mais les « métros » qui forment une petite communauté. Il se sentirait plus à l'aise et pourrait se baigner tous les jours sur une vraie plage, côté Caraïbes. Et pas au milieu des galets de la côte atlantique.

Je n'ai plus l'enchantement des débuts. Il était presque comme celui que j'attendais, mais pas tout à fait. Que me faut-il donc ? Il a tout pourtant ! S'exclament mes amies qui m'envient. Je n'ose répondre qu'il me manque l'essentiel. L'abandon, l'entente parfaite, la communion de sentiments, les envies et les goûts partagés. Je n'ai rien de tout cela avec lui. Et pire que tout, je me rends compte qu'il ne me manque pas quand il s'absente. Qu'il soit là ou pas, ne change rien à ma vie routinière.

Mes amies me disent que je suis trop exigeante et que je ne devrais pas le laisser s'échapper. Qu'est-ce que je lui reproche ?

Ce jour-là, sur cette plage, je parle de Patrick, pour matérialiser sa venue. Mais tous y voient une activité contraignante. Non, mais quelle idée j'ai eue ?! Travailler le samedi ? Faire des corrections ? Avec le salaire que j'ai ? Et les journées à la plage, alors ?! Je ne pourrai plus ?

Je jubile en silence. J'ai partagé en pensée mon secret et je l'ai nommé vingt fois.

RESIDENCE PRESTIGE

JUIN 1992

J'ai 27 ans quand Philippe, mon mari, a un accident mortel. C'est un mercredi, jour de repos où je m'occupe exclusivement de Gilles, notre fils de deux ans. Il va au jardin d'enfants les autres jours et c'est un bonheur de l'avoir tout à moi, de ne me consacrer qu'à lui, une journée bénie où nous partons nager, nous promener, voir mes parents qui choient leur unique petit-fils pour le moment. C'est le cas ce mercredi aussi.

En rentrant à notre appartement, la nuit est tombée. Comme elle tombe vite sous les tropiques, qui ne connaissent pas de crépuscule. Mais les baies vitrées sont sombres. Pourtant la voiture de Philippe est garée sur le parking. Une longue Citroën bleu clair.

Il est peut-être sorti faire un footing ? Mais en général, il laisse une lumière allumée, s'il part à la nuit. Il sait que je crains l'obscurité.

En montant les escaliers, une angoisse étrange m'envahit. Je mets les clés dans la serrure, mais la porte n'est pas verrouillée. J'appuie sur l'interrupteur. Pas de lumière. Une coupure d'électricité, comme il y en a souvent. Bizarre tout de même.

Je vais réenclencher le compteur. Et puis en entrant dans la cuisine, j'aperçois la porte de la buanderie restée ouverte et … Philippe étendu au sol ! Gilles trottine sur mes talons. A partir de ce moment, tout va très vite et se bouscule.

J'installe mon fils sur le canapé de la terrasse en lui demandant de ne pas bouger. Docile et sage, il obéit et se tient tranquille, mais il a perçu mon affolement et ma peur.

Je retourne à la buanderie. Philippe est coincé derrière la machine à laver. Je crie son nom, j'essaie de le tirer, mais il est trop lourd pour moi. Je cours chez nos voisins qui sont aussi nos amis.

Je sonne, mais ils tardent à ouvrir. La panique me gagne, j'appuie longuement sur la sonnette. André ouvre la porte, courroucé d'avance mais quelque chose chez moi le retient. Je souffle :

— Philippe. Il est coincé derrière la machine.

André se précipite. Il secoue et appelle mon mari qui ne réagit pas. Il le dégage et l'allonge sur le sol de la cuisine. Il me regarde en se mordant les lèvres. Il descend chercher l'infirmière qui habite l'étage en dessous. Elle examine Philippe et secoue la tête. Je ne comprends pas. Je demande à André d'appeler les pompiers.

Ils ne peuvent que constater le décès par électrocution. J'ai pourtant eu une lueur d'espoir lorsqu'ils ont posé les électrochocs. Sa poitrine s'est soulevée, il a semblé respirer, ouvrir les yeux. L'infirmière m'explique que c'est un réflexe mécanique. Tous autour de moi s'éclipsent. Les pompiers ont installé Philippe sur notre lit. J'appelle mes parents. Je ne peux que répéter son prénom en pleurant, sans parvenir à dire le drame.

Quelques instants plus tard, notre appartement est bondé. Nous sommes sur une petite île. La mort fait partie de la vie. Elle est acceptée. Les gens qui meurent sont toujours des connaissances ou des proches. Les enterrements sont des passages obligés et des rituels sociaux. Y assister est vécu comme une formalité aussi naturelle que se rendre à la mairie. Les veillées qui durent neuf jours sont aussi des lieux de rencontre. Et puis chacun retourne à ses occupations avant le prochain décès.

Nos amis, mais aussi des voisins, des collègues de Philippe, son directeur, mes collègues, la famille qui a pu se déplacer, tous sont chez moi et débordent sur les balcons de l'appartement. Tous posent des questions et y vont de leur hypothèse.

— Ah ! Tu as rallumé le compteur ? C'est cela qui l'a tué !

— Ah ! Mais tu n'étais pas là ?! Si tu avais été là tu aurais pu appeler les secours.

Et puis le silence se fait. Sa mère est arrivée. Elle passe en trombe dans le couloir avant de débouler dans la chambre où je suis assise à côté de Philippe. Elle me pousse et embrasse son fils. Et me reproche de ne pas l'avoir habillé.

Habillé ? Mais pour quoi faire ? Comment cela ?

Ma mère prend ma défense : elle nous a appelés en pleurs. Elle est sous le choc et n'a pas pu nous dire ce qui s'est passé.

Ma belle-mère ne comprend pas toute cette foule. Qui les a appelés ?

Je sors de la chambre et suis rejointe par une collègue. Elle me tient dans ses bras et tente de me bercer. Line, ma cousine, prend le relais. Je passe par les balcons des chambres pour me retrouver dans la salle de bains. Je voudrais être seule. Elle m'empêche de fermer la porte et entre avec moi. J'ouvre le robinet de la baignoire, mets ma tête sous l'eau. Je voudrais me noyer. Line saisit une serviette, m'essuie le visage. Je voudrais crier, mais rien ne sort. Dans la chambre, ma belle-mère a sorti un costume d'une des armoires. Son costume de marié. Je refuse. Il n'en est pas question. Je choisis un autre vêtement.

Et puis, mon mari est emmené dans le salon pour y être exposé dans un cercueil vitré et réfrigéré. J'ai appris plus tard que sa mère avait fait changer le cercueil que mes parents avaient commandé.

Et puis deux jours après, l'enterrement.
Le lendemain, la veillée de neuf jours commence.
Et le désespoir qui noie tout durant des années.

SAINTE-ANNE

JOUR 2
OCTOBRE 2002

— Oh ! Marie ! Tu sais, j'ai discuté avec Maurice et le directeur de ForProf, il nous a parlé d'une personne qu'il a recrutée pour les cours de français. On s'est regardés avec Maurice et on s'est dit, mais c'est la femme de Paul !
Ah bon ?! Tu vas faire la didactique et la grammaire ? Mais moi je vais faire la synthèse. Si tu veux, je peux faire les deux. Qu'est-ce que tu en penses ? On en a parlé avec Maurice. Ce serait mieux et puis tu es déjà très occupée.

C'est Pierrette Le Bar[1], la femme d'un prof des écoles, qui déprime car en Martinique, paraît-il, le niveau des élèves n'est pas le même qu'en Bretagne, d'où ils sont originaires. De son côté, sans travail, elle s'occupe comme elle peut en donnant des cours par-ci par-là. Elle veut me démontrer qu'elle serait meilleure que moi pour ces cours, qui apporteront un complément non négligeable à ses finances.
Et Maurice est aussi un « métro ». Lui, vient du Sud-ouest. Il appartient au club des nostalgiques de la métropole qui ne s'adaptent pas à l'île ; mais en apprécient le climat et les primes qu'offrent les mutations dans les DOM. C'est un CPC.

---

[1] *Les noms et prénoms des professeurs ont été modifiés.*

Un conseiller pédagogique de circonscription. Je le connais de loin.

Je reconnais vaguement qu'elle a raison. J'ai déjà un emploi du temps chargé et je décide de ne pas accepter de travailler à ForProf comme prévu.

Je suis au volant lorsque mon portable sonne.

— Madame Graduel ? Ici Patrick Foglia.

— Oui ?

— Etes-vous prête pour samedi ? Je vous attends pour la présentation aux stagiaires.

— Mais, j'ai eu Madame Le Bar qui m'a expliqué qu'elle ferait l'ensemble des cours. Elle l'a vu avec vous.

— Je n'ai jamais dit cela ! Il n'est pas question qu'une bande de métros fasse cours à des gens de l'île ! dit-il en haussant le ton. Je vais la rappeler. En attendant, je vous dis à samedi.

— Oui, mais j'aurai les élections des représentants de parents, je serai là vers midi seulement !

Trop tard, il a déjà raccroché en me lançant une nouvelle fois, « A samedi ! »

VALMENIERE

SAMEDI 19 OCTOBRE 2002

Je cours sur le parking et sur la passerelle qui mène à l'hôtel Valmenière. Je cours dans les couloirs. La moquette étouffe le claquement de mes talons. Je cherche la salle de réunion. Je me trompe d'étage. Je reprends l'ascenseur.

Je devais organiser les fameuses élections de représentants de parents. Et je me retrouve maintenant en retard, le cœur battant devant la porte. La pièce est bondée. Des jeunes gens bon chic, bon genre, assis sagement écoutent religieusement le directeur de ForProf.

Je m'apprête à me poser sur la chaise la plus proche, c'est-à-dire au fond de la salle. Mais Patrick Foglia s'interrompt et me demande de venir m'installer devant, à la table des profs. Je traverse les rangées et me retrouve à côté de mon ancienne conseillère pédagogique, madame Jacques, femme glacée et maniérée.

C'est une surprise de la voir là ! C'était cela toutes ses cachotteries sur l'entreprise privée qui lui avait demandé de faire de la formation !

Patrick est en train de présenter un jeu de rôle aux stagiaires avec une situation un peu inhabituelle.

— Imaginez que vous êtes rescapés sur une île déserte après le naufrage de votre bateau. Vous devez emmener avec vous des objets indispensables et en jeter d'autres.

Parmi tous ces objets, il y a du whisky, des cordages, des allumettes, des préservatifs…. Que jetez-vous ?

— Les préservatifs ! Disent les uns. Le whisky ! Lancent les autres.

— Ah ! Non alors ! Déjà qu'on est naufragé, si en plus on peut plus s'amuser ! Autant se jeter tout de suite aux requins !

Je suis sidérée par ce franc-parler, cette décontraction et surtout ce qu'impliquent les objets à garder[2], mais il semble s'amuser sérieusement. Décidément rien à voir avec les profs de l'éducation nationale ! Pourtant il était lui-même CPC, d'EPS. La réunion se poursuit, les stagiaires sont enthousiastes. Les cours commenceront le samedi suivant. Il est assailli de questions à la fin de la réunion. J'attends patiemment mon tour pour qu'il me donne la méthodologie. Mais la conseillère pédagogique m'entraîne vers la sortie d'un ton décidé. Je la suis en me disant qu'il m'enverra les documents. Nous sommes presque arrivées à la porte de l'hôtel quand il nous rattrape. Il a couru. Même pas essoufflé.

— Eh bien ! lance-t-il, vous vous sauviez ? Il a fallu que je vous coure après !

Madame Jacques s'en va à regret et nous laisse. Nous nous asseyons sur l'un des canapés du hall. Il commence à m'expliquer que je suivrai un groupe tous les samedis et que

---

[2] A quoi pensiez-vous?! Le whisky servira de désinfectant des plaies éventuelles ou d'anesthésiant en cas de douleur et les préservatifs pourront être utilisés comme garrots.

je devrai corriger … cinquante-deux copies d'ici le samedi suivant ! Je m'exclame, mais il me rassure :

— Avec la méthode ForProf, les stagiaires travaillent en binôme, vous n'aurez que vingt-six copies à corriger.

Mais au jour dit, j'aurai reçu cinquante-deux copies, car chaque stagiaire a tenu à rendre son propre devoir.

J'écoute attentivement la suite, sans l'interrompre. La tâche semble ardue, mais pourtant je pourrai la réaliser. C'est enfin une opportunité de m'évader et de sortir du carcan dans lequel je me suis enfermée. Il prend congé en m'encourageant et je réponds que je ferai du mieux que je pourrai. Il me rassure d'un grand sourire :

— On part gagnant, hein ?

Assommée. Je suis assommée. C'est exactement lui que j'attendais. Comment ai-je pu me tromper à ce point en choisissant quelqu'un d'autre? Pourquoi n'ai-je pas attendu deux ans de plus ? J'avais pourtant bien regardé derrière moi ! Mais je vis avec un autre homme depuis peu et je viens de souscrire un crédit de neuf ans pour l'achat d'une maison.

Les jours suivants, j'ai besoin de parler de lui à tous ceux que je croise. A ma mère surtout, qui ne perçoit pas mon trouble, à mon compagnon, imbu de lui-même et que pas un doute n'effleure, à mes amis, qui voient que je ne serai plus disponible les week-ends pour la plage. Mais je suis heureuse. Je suis enfin rattachée au monde, au vrai.

« FORR »

J'ai enregistré son numéro trop rapidement et j'ai doublé les syllabes du mot ForProf. Je le laisse ainsi. Cela lui va bien, Forr avec deux « r ».

Les mois passent. J'ai emménagé en décembre dans la maison du bord de mer. Je pensais que cela suffirait à me distraire de lui. Il n'en est rien. Je vis dans une sorte de fièvre le samedi à l'approche des cours. J'achète tous les ouvrages que je n'ai pas encore et qui figurent dans les bibliographies recommandées par Patrick Foglia. Entre deux cours, les semaines défilent dans la préparation et les corrections. Je me régale. J'ai à chaque fois le cœur qui bat avant d'entrer dans la salle de classe, mais la suite est un délice. Et l'occasion de penser à lui. A l'inaccessible.

Au mois de février, mon portable sonne alors que je suis à mon bureau. J'ai le temps de lire le nom de l'appelant avant de saisir fébrilement le téléphone. C'est lui, Patrick. Il m'annonce qu'il sera en Martinique la semaine suivante pour faire un bilan de l'année. Tous les profs sont convoqués. Pourrai-je partager un repas avec lui ? Je réponds que oui, rapidement et sans réfléchir.

Je me gourmande, une fois que j'ai raccroché. Pourquoi n'ai–je pas fait la fille ? Celle qui minaude « Oh, attendez, il faut que je consulte mon agenda ! ».

Je suis trop heureuse. Je le reverrai bientôt.

La réunion a lieu chez Maurice. Patrick fait le tour de table des profs en interrogeant les uns et les autres. Il est sympathique, mais exigeant et rappelle à tous la méthode de travail. Cette fois, plus de costume de lin, mais un short et des baskets. C'est assez peu protocolaire. Nous sommes aux îles, ceci pouvant expliquer cela. Mais n'enlève rien à sa prestance. Il a l'œil sévère et lève le sourcil droit quand les réponses ne le satisfont pas.

A l'issue de la réunion, il nous invite au restaurant de la plage. Il me désigne la place à ses côtés. Je discute avec le prof en face de moi, mais suis attentivement la conversation qu'il a avec Maurice.

— Après la tournée, une fois que j'ai visité tous les sites et vu tous les profs, je vais à Port-Camargue avec mon clébard, je suis trop bien. C'est l'automne, il n'y a personne. Je suis bien.

Je m'imagine marchant moi aussi à ses côtés, l'automne sur la plage, avec l'odeur froide du sable et le vent iodé emplissant mes poumons. Le chien courant autour de nous. Chabadabada…

Il parle. De sa fille Marine, qui n'a pas 6 ans comme je l'ai cru tout d'abord, mais 17 et un petit copain, qu'il vient de « prendre au colback » car il se conduisait mal. Et information essentielle, il vit seul depuis son deuxième divorce. Rien n'est orthodoxe chez cet homme. Nous nous saluons à l'issue du repas. Mais il m'appelle avant que je ne rentre pour me fixer un autre rendez-vous, où nous ne serons que tous les deux cette fois.

Nous nous revoyons au restaurant au nom prédestiné, le « Quand même ». Il est impressionnant d'autorité avec son aisance à discourir sur tous les sujets. Il occupe tout l'espace et parle avec les mains. Il est d'une franchise désarmante. Et l'attirance est réciproque.

Il revient aux îles le mois suivant, en mars. Il a fait 7000 kms pour me revoir. Il m'avoue qu'il ne fait jamais de bilans en février et que toutes les réunions profs se tiennent en fin d'année. Il n'était revenu que pour moi.

Quelque chose d'indéfinissable me retient et nous n'allons pas plus loin. Il aura une réflexion amusante et décontractée avant de reprendre l'avion, il y est question du slogan publicitaire « cœur croisé de Playtex ».

Et puis avril et les vacances de Pâques arrivent. Je lui propose de revenir. Il pourra se libérer la deuxième semaine et s'empresse de reprendre un billet. Notre correspondance est à son image, enjouée, animée, mais respectueuse.

Il atterrit le dimanche soir mais prise d'émotion et de retenue, je retarde encore le moment de nos retrouvailles. Nous nous reverrons le mardi suivant sur la plage de Sainte-Anne.

Quelle que soit l'issue de notre histoire, cette fois je veux la vivre et ne pas passer à côté de ma vie. Je prendrai ce qu'il me donnera.

Et ce sera LA rencontre. Celles des âmes et des corps.

Lettre à un chevalier

L'ANSE NOIRE

— Marie, tu viens vivre avec moi. Je rachète ta part de la maison et tu viens vivre avec moi.

Nous venons de nous baigner dans cette crique quasi déserte et nous sommes assis à l'ombre des palmiers, sur le sable. Je suis sans voix. Un vertige me prend. Puis je me fâche.

— On ne se moque pas des gens comme cela ! On ne joue pas avec leurs sentiments ! Pourquoi viendrais-je vivre avec toi ? Pourquoi rachèterais-tu ma part de la maison ?

C'est lui qui se fâche maintenant.

— Mais je ne moque pas de toi ! Je te demande de vivre avec moi, car tu es la femme qu'il me faut. J'ai vu ton âme l'autre jour, quand tu étais debout à côté du lit. J'ai vu ton âme et cette âme me plaît. Tu avais le regard grave et profond et j'ai compris que pour toi ce n'était pas une histoire passagère. Je veux vivre avec toi.

Je vacille. Je tremble. Je voudrais pleurer mais je ne peux pas. L'émotion me submerge. Il m'a demandée, moi. Il m'a demandé de venir vivre avec lui ! Même dans mes rêves les plus audacieux, je ne l'avais pas imaginé.

Il ajoute, taquin : Et tu as un prêt, je rachète donc ta part pour que tu sois libre.

Oui, et moi je sais depuis toujours que je l'attends, lui Patrick.

La semaine suivante, je provoquerai un cataclysme, en annonçant à mon compagnon que je le quitte, à mes amis que je m'en vais, à ma famille que j'ai enfin trouvé l'amour. Je n'ai habité que trois mois dans la maison du bord de mer et j'ai mis moins d'une semaine pour en partir.

L'année qui suit sera celle de toutes les ruptures avec ma vie d'avant.

DANSES

Nous aimions tant danser ensemble ! Etre enlacés, serrés, enlevés par le rythme des salsas, valses et mazurkas !

J'étais tenue, soutenue, menée et guidée par ses bras experts et son pas sûr.

Il était heureux de me voir heureuse. J'étais si fière de tourbillonner à son bras !

Notre première danse fut une révélation. Il savait danser ! Il savait danser, même sur les rythmes des îles. C'était bien le seul homme venu de la métropole que je connaissais, qui en était capable. C'était en Guadeloupe, à l'issue d'une réunion. Nous avions écouté assis, l'orchestre de l'hôtel qui déroulait les tubes de l'année. Et puis je l'avais invité. M'attendant à des pas à contretemps, à des hésitations et des lourdeurs.

Mais il m'avait saisie sûrement et nous avions dansé avec légèreté toute la nuit. Heureux comme Ariane et Solal. Ariane guidée par les bras de son Seigneur. Je ne l'appellerai plus qu'ainsi « Mon Seigneur ».

Et toutes les fois, ce fut le même plaisir renouvelé. Nous avons dansé chaque fois que l'occasion nous en était donnée. Et c'était chaque fois le même bonheur.

BAGUE

Nous sommes installés depuis un mois dans notre nouvelle maison que j'ai baptisée « le nuage de coton ». (Premier déménagement ou emménagement, c'est selon, d'une longue série !) Elle est située dans un quartier du nom de la Cotonnerie. Et nous y sommes comme dans un cocon baigné d'amour et de passion.

Mais les contingences existent et il faut se sustenter, l'eau fraîche ne suffisant pas. Nous devons faire des courses de temps en temps. Il commence une liste que je dois compléter. Tout à fait classique : pain de mie, café, jus de fruits, ampoules électriques, bague… bague ?

> — Mon Seigneur ! Tu as marqué « bague » sur la liste de courses ? Qu'est-ce que c'est ? Une pièce pour la voiture ?
> — Marie, je souhaite que tu sois ma femme. Tu es déjà ma femme, mais je veux que tu en sois convaincue et que les autres le voient, que le monde le voit.

LETTRE DE PATRICK

ENTRE DEUX VOYAGES

Marie

Je vais partir et j'aimerais que chaque jour t'apporte un mot de moi, pour que ce que tu vis ou construis le soit avec ma présence, mon amour, mon désir de nous deux, dans ce présent, dans ce futur qui nous fait tant rêver.

Je sais que cette quinzaine sera encore pleine de nous : pas une journée, une soirée, une nuit, sans la convergence de nos désirs, de nos espoirs, de nos projets.

Tu vas de plus en plus sentir mes pensées qui convergent vers toi. Ecoute la communion de nos âmes.

Faisons de notre absence un moment fort de construction de nos moments de retrouvailles. Construisons, approfondissons, jour après jour, une relation solide et durable. Celle dont on rêve et dont on a compris qu'elle pouvait par un engagement mutuel et passionné, être à portée de nos vies.

Patrick

LETTRE A UN CHEVALIER

17 juillet 2003

Patrick,

Je t'ai demandé un jour, sais-tu bien ce qu'est un chevalier ?

Un chevalier ne se définit pas par ses titres et ses terres mais par sa valeur. C'est un homme qui a prouvé son courage, qui a mis ses bras et sa foi au service des autres. Un homme juste qui trouve simplement la voie du bien. Un homme qui a combattu parfois contre lui-même, un homme blessé mais valeureux qui secourt, qui aide, qui comprend que la vie peut être dure, qui sympathise avec, au sens propre, qui souffre avec. Un homme dont les qualités sont reconnues par ses pairs, qui l'élisent pour chef.

Patrick, tu es tout cela. Le fief et les terres qui sont les tiens, l'empire que tu bâtis, tu les as gagnés par tes actions et ta valeur. Je te regarde vivre, je t'écoute parler, tu es un homme de bien à chaque instant. L'énergie que tu mets dans ton travail, la puissance que les autres sentent dans tes convictions, ta détermination ont un attrait indéniable.

Je t'aimerai longtemps, car ceux qui ont le cœur pur, restent lumineux toujours.

Marie

DEMANDE

Nous sommes à Londres en escale avant notre voyage dans le Pacifique. Nous partons pour quarante jours très exactement. Il veut prendre du recul avec son travail.

Je sirote un thé dans un bar de l'aéroport et lui, fume un cigare, quand il me dit :

— Je t'autorise à me demander ma main.

Je suis interdite et reste bouche bée, la tasse en l'air.

— Attention, tu vas passer ton tour !

— Oui ! …Oui !

— Non ce n'est pas ce qu'il faut dire !

Je n'ose comprendre et je reformule, paniquée, gaie, heureuse :

— Je te demande ta main !

— Marie, je te la donne. C'est la première fois que j'autorise une femme à me demander ma main. Tu as fait des pas d'amour vers moi. Et je veux que tu sois pleinement ma femme.

Il ajoute en riant :

— Tu sais que c'est notre voyage de noces ?

Je me jette à son cou. Totalement surprise par cette demande inhabituelle. J'étais déjà sa femme aux yeux du monde, mais il souhaite un engagement plein et complet.

Ce voyage sera du pur bonheur, le sirop de miel de la vie.

Nous nous marierons l'année suivante. Deux fois ! Une fois à la mairie des Angles et la deuxième en Martinique, car Patrick souhaite que ceux de ma famille restés dans l'île assistent à notre union. Nos vœux ne sont pas ordinaires. Il me promet amour et protection. Et je lui assure foi et fidélité.

Nous vivons des années d'un amour absolu. Du pur cristal. Celui qu'on attend toute sa vie. Depuis que l'on pense à l'amour et à l'homme dont il prendra les traits. Il y avait de nombreuses cases à cocher sur ma liste. Et avec Patrick, elles le sont toutes. Respectueux, digne, tendre, généreux, rassurant, protecteur et entièrement amoureux.

Pourtant notre rencontre n'a tenu qu'à un fil. Et il a fallu avoir la foi pour traverser le pont invisible qui m'a menée vers lui, à travers tout un océan.

FILS D'IMMIGRE

« Mon nom, c'est tout ce que j'ai.
C'est mon étendard, ma patrie. »

Patrick, 2007

Sur une des photos de leur enfance, entouré de son frère et de sa sœur, Patrick à peine âgé de quatre ans, sourit à l'avenir de tous les possibles. Je m'attendris devant cet enfant sûr de lui et déjà déterminé.

Patrick est songeur. « Il a fallu surmonter bien des obstacles, souffle-t-il. Nous étions pauvres, ma famille venait d'Italie. Je m'étonne : Oui et alors ? »
— Tu ne comprends pas,… nous étions des immigrés, des ritals. A l'époque, il y avait des ratonnades contre ces gens. On essayait de ne pas se faire remarquer, de bien se

conduire. Ma grand-mère qui était très digne, a mis un point d'honneur à parler français sans aucune trace d'accent. Je ne l'ai jamais entendu parler italien. Nous n'avons pas appris cette langue que nous rejetions. Sauf mon père qui l'utilisait dans ses colères, pour déblatérer contre la Santa Madonna et tous les saints ! D'ailleurs, le jour où il a été naturalisé français, fut le plus beau jour de sa vie ! Il était heureux d'avoir sa carte d'identité qu'il conservait comme un talisman.

Il ne faudra jamais oublier qu'à ma naissance, nous vivions à huit dans un deux-pièces avec les toilettes sur le palier ! Tu te rends compte ! Nos parents, trois enfants, ma grand-mère et un couple d'oncle et tante. Mon père a fait tous les métiers avant d'entrer à EDF et d'avoir enfin une situation stable. Ma mère a travaillé dur pour nous élever. Elle cousait et tricotait nos vêtements. Elle a passé le concours d'infirmière à quarante ans, en même temps que je passais le bac.

Nous ne gaspillions rien, alors que toi tu ne termines jamais ton assiette et que tu jettes les plats à peine entamés.

— Oui, bon… je n'ai pas la même problématique ! »

Il reprend :

« A un moment, mes résultats ont chuté, alors que j'étais bon élève. Quand on pense que je faisais les devoirs du fils du notable du coin ! Ma mère s'est inquiétée. Elle a demandé de l'aide au conseiller d'orientation qui m'a fait passer des tests.

— Votre fils peut faire ce qu'il veut. Il peut choisir n'importe quelle voie. S'il en est empêché, venez me voir.

— Mais j'ai intégré l'école normale, parce que ma mère, divorcée entre temps, ne pouvait pas me payer les études que je souhaitais. Sinon j'aurais été architecte et j'aurais fini président de Saint-Gobain !

Et puis,… je suis passé en conseil de discipline…. Deux fois ! Et j'ai été renvoyé temporairement de l'école normale.

— Oh ? Et pourquoi ?

— Un jour, le prof de philo m'a hurlé « Foglia ! Prenez la porte ! » J'ai dégondé la porte et je lui ai demandé où je devais la mettre. Tu imagines la tête du prof !

Je faisais le mur sans arrêt. Je me sentais emprisonné dans cette structure où on nous formatait.

Ma mère a été convoquée par le directeur. Quel outrage je lui ai fait vivre ! Elle qui était si paisible et n'aspirait qu'à la tranquillité …

Et le pire, c'est que j'ai raté mon bac cette année-là ! Mais je me suis dit, puisque tu te crois bon, prouve-le ! L'année de mon redoublement j'ai fait tous les contrôles sans aller aux cours. Naturellement, je me suis vautré sans arrêt. Eh bien à chaque mauvaise note, je révisais ce qui avait cloché. ForProf est né de là. »

Et avec emphase :

« J'essaie souvent de m'imaginer ce que mon grand-père aurait pensé de ma réussite. Il était communiste et lisait le petit livre rouge ! Il m'a transmis les valeurs d'honnêteté et de probité.

Et moi, j'ai les valeurs de la république et de l'école publique chevillées au corps.

L'égalité des chances a été mon moteur lors de la création de ForProf… Je ne supportais pas qu'au concours les candidats libres aient à peine 15% de chances de réussir quand ceux de l'iufm en avaient 55% !

Les membres du jury EPS et oral pro, dont je faisais partie, étrillaient les pauvres petits candidats sans préparation. Cela me révoltait. Cela a été une grande surprise de voir que mon souci d'égalité des chances a fait de ForProf un formidable vecteur de réussite, pour ceux qui n'avaient pas la chance d'accéder à l'iufm.

43 000 stagiaires ForProf sont devenus PE en 18 ans. Ils véhiculent les valeurs de l'école publique et notre méthode inductive et coopérative.»

DANS LE BUREAU DE PF

MORITURI TE SALUTANT !

Les initiales, c'est pour aller plus vite dans les mails et communications écrites. En interne avec l'équipe. Il faut que le travail se fasse, que les actions aillent promptement, que les décisions se prennent, que les problèmes soient résolus. Il n'y a pas de problèmes, il n'y a que des solutions, aime–t-il à répéter. Il veut tout maîtriser et ne laisse pas de place à l'improvisation.

— Je ne veux pas entendre « aie confiaaaannce ! »... et je ne veux pas d'un management Titanic ! Je veux qu'on m'alerte sur les problèmes. Je ne veux pas qu'on me dise « t'inquiète pas Foglia, tout va bien ! » Parlez-moi de ce qui ne va pas ! N'oubliez pas ! Un client satisfait vous fera plus de publicité que n'importe quelle campagne. Donc quel est votre problème aujourd'hui ?

Puis radouci et avec un grand sourire :

— Mais d'abord comment allez-vous ?!

Après une telle entrée en matière, le collaborateur déjà pétrifié se demande comment aborder le sujet qui le préoccupe. Pourtant il faut exposer. Sur le professeur qui prévient la veille du cours qu'il ne peut pas venir, sur les stagiaires de tel ou tel site qui revendiquent plus de cours ici ou moins de cours là, sur le fournisseur qui ne remplit pas les clauses du contrat.

Ou pire, informer PF des erreurs commises. Une mauvaise réservation de salle, l'embauche d'un professeur qui n'a pas le profil, un coût excessif de frais de déplacements, une annonce faite à tort à un groupe de stagiaires, un mauvais décompte. Dans l'entreprise, il y a toujours matière à se tromper.

Il faut simplement aborder le sujet pour le résoudre de la manière la plus juste et ne pas tenter de le cacher. Aux yeux de PF, le mensonge est une abomination. Quand on travaille avec lui, c'est la règle, il faut l'accepter et le comprendre. Bien des déboires sont évités.

Mais tous les collaborateurs n'ont pas cette intelligence. Quand une comptable ou un conseiller persiste dans un raisonnement erroné ou tente de masquer sa faute, le couperet tombe. Chez PF, il y a des signes avant-coureurs de l'orage. Le regard qui devient fixe, un sourcil qui se relève, le droit toujours. Le corps qui se ramasse, les genoux qui s'agitent sous le bureau. La tempête se lève. Devant l'erreur contestée, la colère déborde, les reproches fusent et les « pourquoi ? » abondent. Les injonctions de réparation jaillissent.

— Non, mais j'ai un cauchemar !? Vous n'avez pas embauché ce prof ? Vous allez le rappeler tout de suite !

Ou à la comptable:

— Non, mais vous n'avez pas fait ça ? Je suis complètement désappointé !

Et puis :

— Vous devez vous dire, Foglia se la pète ! Mais j'ai une grande légitimité due à mon ancienneté dans le job, de la créativité et une forte culture pédagogique. Mais … vous aurez tout cela dans un an !

Assise au bureau d'à côté, je sens siffler le vent des boulets de canon.

Il adore son travail, c'est un jeu pour lui. Anticiper, avoir une vision globale et à long terme des choses. Se donner des challenges et sans arrêt mettre la barre plus haut, c'est une philosophie de vie. Il prône aux plus réservés :

— Apprenez à aimer le risque ! Il manque la rubrique « Propositions et initiatives » dans votre journal de bord ! Terriblement vide cette case !

Il amène les collaborateurs à adhérer à son éthique. Il les entraîne à sortir de la routine et de l'autosatisfaction de surface pour tenter de progresser.

Il sait repérer les forces, mais aussi les faiblesses. Il n'hésite pas à ne plus travailler avec un professeur qui ne respecte pas les méthodes de l'Institut.

— Tout est toujours dit et fait au grand jour. Tout prof est averti que quelle que soit l'estime que je lui porte, il ne travaille plus avec nous, s'il ne respecte pas les règles du jeu. Il ne peut y avoir une posture de direction sans une menace castratrice potentielle. Sinon on gouverne avec démagogie sur l'affectif ou la manipulation... Alors que ce qui fait force de loi c'est la compétence et qu'il y a justice par rapport à cette compétence. Et le système fonctionne.
Connaissez-vous beaucoup de sociétés qui fonctionnent aussi bien que ForProf ?
Qui ne sait castrer ne peut être chef...ForProf est un empire qui gère 420 personnes... don't forget! Votre travail est aisé car plane au-dessus la figure tutélaire de P. Fog. Un petit roitelet humaniste, manipulateur et indécis (type Hollande) ne pourrait pas en être un bon chef.

Nous avons du mal à suivre ses demandes et courons sans arrêt après des compléments de consignes.

— Je sais que tout va vite, mais il faut avoir un temps d'avance sur les autres !

Il tient à préserver le BIB de ForProf. Le bonheur intérieur brut. Formule inspirée de celle du roi du Bhoutan, qui prône le bonheur national brut. Mais fait preuve d'une lucidité impitoyable :

— Nous sommes peu de personnes et nous ne pouvons supporter que des stars. Si vous voulez compenser certaines de vos faiblesses, embauchez une personne meilleure que vous sur vos points faibles. Si vous embauchez, une petite chose, elle vous entraînera vers le bas et donc vers votre perte… Ayez l'instinct de survie, entourez-vous de meilleurs que vous. Ne suivez pas la nature humaine, qui incite à embaucher quelqu'un d'un peu plus faible que soi, pour être sûr de maitriser la personne et ne pas être dépassé.

Aux nouveaux embauchés qui assurent qu'ils savent tout faire :

— Il faut persévérer et apprendre à enquêter, à bien comprendre. Les gens intelligents n'ont pas peur de dire qu'ils ne comprennent pas. Les autres ont toujours peur de le dire, car ils ont peur qu'on remarque qu'ils ne sont pas … intelligents !

Lettre à un chevalier

TOUR DE FRANCE

Les tournées dans toute la France nous occupent des semaines durant, plusieurs mois de l'année. Tout le printemps et le début de l'été. Nous prenons une valise chacun. Le strict minimum pour Patrick qui se charge des documents de travail. Des choix stratégiques pour moi. Robe ou pantalon? Les deux. Je choisis soigneusement mes effets pour rester légère et le suivre sans peser sur la vie. Le meilleur moment de l'année.

Nous sommes sur la route entre deux mondes. Patrick est heureux, chantonne au volant « mon amour, mon doux, mon tendre, mon merveilleux amour, de l'aube claire jusqu'à la fin du jour, je t'aime, je t'aime, moi je sais tous tes sortilèges... ». Et mon âme plane.

Nous allons à la rencontre des professeurs. Comme à la conquête d'un empire.

— Tu m'as fait chevalier, je m'y crois et je pars à la bataille, plaisante-t-il.

Mais c'est un véritable empire pacifié par l'adhésion à une méthode, à un homme reconnu par ses pairs. Les kilomètres avalés, fenêtres ouvertes, nous transportent d'une région à l'autre, d'un paysage à l'autre. Sous la pluie ou au soleil, nous sommes ensemble. Pour vivre heureux.

Nous réveiller chaque jour dans une chambre différente. — La clé de la 308 s'il vous plaît !

— La 308 ? nous demande la réceptionniste interloquée.

— Ah ! Non, mille excuses, la 308 c'était la chambre d'hier. Aujourd'hui c'est la 514.

Dévaler les escaliers ou s'engouffrer dans l'ascenseur pour prendre le petit déjeuner avant 10 heures, après nos réveils amoureux et tardifs. Répondre aux mails et journaux de bord avant midi. Reprendre la route et s'amuser des noms des villages ou des communes traversés. La rivière de la Baïse, le lieu-dit Castel Jaloux, le village de Condom. Arriver juste à temps pour la réunion de dix-sept heures ou pas. Prévenir l'hôtel de notre retard. Dîner dans un petit troquet ou au restaurant gastronomique. S'offrir une escapade le lendemain pour visiter la cathédrale de Chartres ou d'Amiens, le château du duc Guillaume, ou celui d'Anne de Bretagne. A Bordeaux, se promener le long du port de la Lune ou patauger dans le miroir d'eau. A Paris, marcher sur les Champs, acheter de jolis carnets rue d'Isly. Prendre un thé dans une brasserie toulousaine ou discuter à Pau sur le boulevard des Pyrénées. Flâner sur la jetée de Châtelaillon-Plage, respirer l'air du large à la Rochelle.

Rater les sorties d'autoroute, arriver encore en retard. S'excuser en souriant. Reprendre la réunion, les présentations, boire un verre avec les professeurs. Dîner avec les compagnons de toujours. Se retrouver. « Il nous fallut bien du talent pour être vieux sans être adultes »

Lors des réunions avec les professeurs, PF impressionne encore plus. Il endosse la tenue de directeur qui donne le ton. Le bilan de fin d'année peut être un moment redouté pour certains profs. Et puis, l'adhésion se crée. La proximité du métier d'enseignant amène une sympathie naturelle. L'assurance, l'autorité incontestable, le tutoiement de rigueur et la maîtrise du métier rassurent. Les professeurs sont des collègues, des équipiers. Ils donnent le meilleur d'eux-mêmes et Patrick est généreux.

Ses paroles de reconnaissance en plus du salaire, paient une année de dévouement. Il n'hésite pas à féliciter, encourager et manifeste un réel intérêt pour ces personnes qu'il qualifie de talentueuses.

TORTUES

— Dépêche-toi bébé ! Nous allons rater le ferry !

— Oh ! Encore une photo !

Un dernier regard aux tortues vertes dans ce lagon translucide. Elles volent et planent calmement. Imperturbables. Elles sont en nurserie, soignées après les blessures faites par les hélices et les filets des bateaux. Je rejoins finalement Patrick sur le ponton, juste à temps pour voir la navette s'éloigner du quai.

— Bébé ! Regarde ! La navette est partie nous allons devoir attendre une demi-heure de plus. Tu bades[3] les tortues, tu bades les tortues, mais il faut patienter maintenant ! Qu'est-ce que tu leur trouves aux tortues ?!

Leur calme justement. Elles sont gracieuses et élégantes. Elles sont là depuis la nuit des temps, bien avant nous, elles seront encore là quand nous aurons disparu.

Ce qu'il y a de bien à Bora Bora, c'est que l'on n'est jamais lassé, ni blasé de sa beauté. Elle est suffisante et justifie à elle seule qu'on y soit heureux. L'émerveillement reste entier longtemps après. Les îles sont faites pour nous. Luxe, calme et volupté. Le vent chaud, l'air marin, le sable brulant, les massifs de fleurs, les bungalows de bois luisant, les voiles qui claquent au vent, les promenades paresseuses et les flâneries…

---

[3] *Du verbe provençal « bader » : admirer*

Le temps que Patrick réalise que le travail est son moteur et que les vacances le fatiguent ou le rendent malade. Il est comme un fauve en cage, l'inaction lui pèse.

— Tu crois qu'il y en aurait un qui m'appellerait pour me donner des nouvelles !? s'exaspère-t-il. Non, ils sont trop contents, je ne suis pas sur leur dos ! Ils doivent faire tout un tas de bêtises.

Et puis il capitule.

— Oh ! Et puis tant pis ! C'est idiot de ne pas profiter !

Et les vacances commencent enfin. L'ombre de la plage, les petits déjeuners tardifs, le poisson à la tahitienne, les goûters au village, ça y est nous pouvons nous y adonner. Les échanges nature et drôles avec les habitants de Vaitapé.

Au restaurant de l'hôtel, je demande au serveur, un rae rae[4] à cheveux très lisses et très longs, une eau de coco, comme j'en ai eu la veille. Il en lâche presque son stylo et son carnet d'indignation :

— Ah ! Non ! Tu n'as qu'à grimper à l'arbre les chercher toi-même !

Il aurait abimé son beau paréo parme en le faisant.

Je voudrais m'acheter une jolie robe à larges fleurs comme en portent les polynésiennes. La vendeuse de la boutique à qui je demande ma taille me renseigne gentiment :

— Mais si tu vas au marché, le chinois te fait la même en une heure pour dix euros !

---

[4] *Travesti. Phénomène courant en Polynésie*

Elle ne se rend pas compte qu'elle fait juste perdre une centaine d'euros à son patron. Et quand bien même ! De même le vendeur du magasin Hi-Fi à Papeete ne comprend pas pourquoi Patrick tient absolument à acheter le camescope de la gamme de prix au-dessus de celle qu'il lui présente.

— Mais celui-là fait la même chose que l'autre !

— L'autre coûte plus cher, il a forcément un plus ? veut savoir Patrick.

— Mais pourquoi tu prends pas celui-là ?

Et nous nous laissons aller à la douceur de l'île.

LETTRE DE PATRICK
24 décembre 2009

Marie,

Et si ma vie était un rêve ? J'ai vécu un rêve.
Nous avons passé des vacances merveilleuses. Comme à
l'accoutumée, je suis arrivé penseur, organisateur...
Puis tout doucement, l'envie de laisser courir.
L'envie de se laisser aimer, d'aimer sans se lasser.
Enfin en phase !
En phase avec ton temps, en phase avec nous, En phase avec
la beauté du décor.
Oser le temps d'aimer, oser se laisser aimer.
J'ai tout organisé et pourtant j'ai eu l'impression que nos
âmes ont flotté comme pour mieux se tresser, comme pour
mieux s'enlacer.
Je reviens de ce voyage initiatique comme bouleversé, comme
transformé.
Je croyais connaître l'amour, je croyais connaître l'état
amoureux, je ne connais pas ce que je ressens à présent pour
toi.
C'est autre, c'est plus, c'est mieux !
Probablement, c'est ce qui explique qu'au fil du temps, au
fil des vies, on se cherche avidement comme des âmes en
manque de l'autre part de nous-mêmes.
Te dire : je t'aime ! me paraît bien faible et bien usé à côté de
ce que je ressens pour toi.

Patrick

DEUXIEME PARTIE

Je souhaitais juste une année, pour en faire une éternité.

J'avais oublié un instant que tu es depuis toujours mon éternité. Je serai confiante puisque tu l'es et je te suivrai puisque tu continues d'avancer. Tu es ma force inébranlable et le sens de ma vie.

Marie, mai 2014

SOLAIRE

Patrick mon Solaire. « Détenteur de la force et de l'antique pouvoir de tuer »[5]. Chef charismatique qui ne souffre pas d'être commandé. Si déterminé au dehors, si attentionné dans l'intimité. Impressionnant au travail, craint et respecté, amoureux hors pair dans l'alcôve.

Et puis cette chose affreuse est arrivée. Cette chose que je ne pouvais pas concevoir avant de très longues années. Pas avant la pleine vieillesse quand nous aurions vu grandir nos petits-enfants. Cette chose insidieuse, laide, tenace, puante. Nous sommes un vendredi treize, quand le médecin reçoit le résultat des analyses. Avant même d'avoir son avis, Patrick m'annonce l'évidence que je ne veux pas voir depuis deux jours. Depuis ses malaises et étourdissements.

Les mots du médecin sont terrifiants. Il ne reste que quatre mois de survie, cinq au mieux. Plusieurs organes sont touchés, des organes vitaux. On ne peut pas tout soigner.

Le monde s'arrête. Il y avait bien ces signes avant-coureurs que nous n'avions pas pris au sérieux. « Le corps se soigne tout seul. » Mais ces douleurs qui ne disparaissent pas. Ces nodules, habituels chez Patrick, mais néfastes cette fois. J'aurais préféré que ce soit moi. Partir avant mon colosse.

C'est inimaginable, c'est tout simplement inimaginable. Pas maintenant. Nous nous apprêtions à vivre une année de

---

[5] *Albert Cohen, Belle du seigneur*

félicité. Un heureux évènement annoncé dans la famille. Les tourments apaisés de Gilles. Tous nos vœux et serments d'amour renouvelés. J'ai le cœur broyé. Je suis terrassée et révoltée.

Patrick prend les choses avec calme.

— J'ai toujours su que je partirai de là, dit-il la main sur son estomac. J'ai eu une belle vie. Je n'ai pas peur de la mort. Il faut accepter ce qui arrive. J'ai simplement du chagrin à vous laisser, les enfants et toi.

Je m'insurge. Il n'est pas question d'envisager la mort. Le généraliste n'est pas le meilleur médecin de la ville. Loin de là ! Nous consulterons des spécialistes. Il y a des traitements. Des tas de traitements. Nous allons commencer par les suivre et les essayer. Ecoutons déjà ce que dit le gastro-entérologue. Et puis, il ne peut pas partir maintenant. Il est bien trop jeune. Ce n'est pas comme s'il était un vieillard fatigué. Il a toute la ressource qu'il faut pour affronter les traitements.

Patrick est d'accord.

— Je vais me battre. Je te dédie mon combat.

Et puis :

— Je me vois amaigri mais à quatre-vingt-six ans. Je resterai encore quelques années pour accompagner Marine et Gilles. Je pense survivre et me projeter.

Je l'espère ardemment. Je prie pour cela une partie de la nuit. La nuit suivante aussi. Le week-end arrive et le contrecoup. Nous pleurons tous les deux :

— Tu m'as suivi et je t'offre un chêne déraciné

— Je ne regrette rien. Je t'ai suivi parce que je t'aime. Toutes ces années avec toi valent une vie de bonheur. J'ai été comblée comme jamais.

Le dimanche suivant, je fais attention à rester disponible, à devancer ses désirs. Et puis la semaine se déroule avec son lot de dispositions à prendre. J'ai le cœur au bord des lèvres, l'esprit chaviré. Impossible de me concentrer sur mes tâches professionnelles.

Nous attendons fiévreusement le jour du premier rendez-vous à l'hôpital d'Avignon. Les analyses, suite à la première intervention, préciseront le diagnostic et induiront le traitement. Le docteur, un grand maigre au regard clair et posé, prend son temps. Il ne lit pas le commentaire du généraliste, mais questionne précisément Patrick. Quels symptômes ? Depuis quand ? Quel régime alimentaire ? Quelles sensations ? Qui parle de pancréas ? Patrick abruptement, déclare devoir prendre des dispositions s'il ne lui reste que quelques mois à vivre.

Le docteur se récrie :

— Ne vous fiez pas aux statistiques ou à Internet ! Votre maladie n'est pas avérée et quand bien même, on est à beaucoup plus que cela concernant la survie.

Nous repartons le cœur presque léger. Mais tous les jours il faut se contenir. Ne rien laisser paraître au travail. Réfréner les impatiences. Que m'importent les stagiaires ou les stats de l'institut quand mon Prince est en si grand danger ! De quelles futilités me suis-je occupée jusqu'alors ?

Les nuits, je veille. Je le regarde dormir. Certains matins dans la demi-conscience qui précède le réveil, j'imagine que rien ne s'est passé, qu'il n'y a pas de maladie. Et puis j'ouvre les yeux et la réalité revient.

Le soir, nous discutons. Je regrette de ne pas l'avoir poussé à consulter plus tôt.

— J'ai été très heureux avec toi. Tu n'es coupable que de cela. Nous avons bien vécu, nous avons bien voyagé et bien profité de la vie. Beaucoup n'ont pas cette chance.

VENISE

Un bon état général, une accalmie avant peut-être un ouragan redouté. Patrick a décidé que l'on partirait quelques jours afin d'enrayer l'effrayant balancier des cures. Ce sera Venise. Venise la rouge. Je savoure les préparatifs cette fois et n'attends pas les derniers moments comme je le fais d'habitude. Ma valise est bouclée près d'une semaine avant.
— Tu risques de partir sans moi, rigole Patrick.

Sur la lagune, dans le vaporetto le vent fouette et la nuit est fraîche. Les tréteaux sont installés en prévision de la marée haute. Et la magie opère. Nous sommes pris par l'atmosphère unique de Venise, faite d'une douce euphorie. La suite de l'hôtel est à la hauteur de nos souvenirs. Tendue de tissu damassé doré, lourds rideaux, moquette moelleuse, un tendre cocon. L'appareil photo cliquète comme un signal.
— Ma pétouze est heureuse !
Nous nous promenons sous la pluie presque tiède. La place Saint-Marc est noyée par l'acqua alta et les enfants pataugent à cœur joie. Nous nous réfugions dans une petite taverne où nous déjeunons d'un risotto.
— Mon destin est étroitement lié au tien. Je n'imaginais pas que l'on pouvait aimer autant.
Tu es à la hauteur des héroïnes que tu admires.
— Oui ce sont des femmes fidèles qui ont foi en leur époux et qui tiennent. Moi, je te crois et je te suis. Si tu vas mieux, j'irai mieux.

Oui, si Patrick va mieux, j'irai mieux. Sa santé fera reculer la peur souterraine qui m'étreint le cœur. Cette peur que personne d'autre que lui ne pourra m'enlever.

Nous flânons dans les ruelles du Dorsoduro. C'est bientôt Noël. Les boutiques flamboient. Je ne peux pas résister, j'achète deux magnifiques boules en verre de Murano, très colorées, avec des inclusions de peinture dorée. Le vendeur les emballe soigneusement pour qu'elles ne se cassent pas. Patrick non plus ne peut pas résister :

— Demande-lui s'il vend des tubes de colle !!!

Dans les ténèbres qui m'enserrent, Noires
comme un puits où l'on se noie,
Je rends grâce aux dieux quels qu'ils soient,
Pour mon âme invincible et fière,

Dans de cruelles circonstances,
Je n'ai ni gémi ni pleuré,
Meurtri par cette existence,
Je suis debout bien que blessé…

Invictus William Ernest
Henley

NE PAS OUBLIER

Avant de rentrer aux Angles, après un rendez-vous avec un chirurgien de Villejuif, nous restons deux jours de plus à Paris. Bien nous en prend ! Le soir, la veille de notre retour en TGV, Patrick est pris de violentes douleurs au ventre et à l'épaule. Le réceptionniste de l'hôtel contacte SOS médecins. Le docteur dépêché diagnostique une péritonite, autrement dit la perforation d'un organe, peut-être les intestins. Il faut l'amener d'urgence à l'hôpital le plus proche. C'est Cochin. Il commande une voiture du SAMU qui n'arrivera jamais.

Ubuesque et révoltant. Les différents opérateurs malgré le diagnostic du médecin nous font répéter à l'envi la description des douleurs et leur emplacement. Mal comment ? Où cela exactement ? Je finis par hurler dans le combiné du téléphone. Peine perdue. La crétine qui tient lieu d'opératrice n'envoie pas d'ambulance. Nous prenons un taxi. Le chauffeur, très inquiet, craint que le pire n'arrive dans sa voiture.

Il est vingt-deux heures quand nous arrivons aux urgences. Le temps de la prise en charge commencé, j'attendrai jusqu'à deux heures du matin. La nuit la plus longue de ma vie. A tous les sens du terme. Ce 24 octobre est aussi la nuit du passage de l'heure d'été à l'heure d'hiver. Je demande à voir l'urgentiste, car personne ne vient me donner de nouvelles. Au bout d'un long moment, un jeune interne paraît. Il marque un temps d'arrêt en me voyant. J'ai beaucoup pleuré et mon désarroi est palpable. Il ne sait que m'annoncer et gratte son crâne rasé.

— Le schéma de votre mari est compliqué. Nous avons décelé un trou dans les organes, mais nous ne pouvons pas le situer.

Il ne sait pas quel diagnostic effectuer. Il faudra attendre le chirurgien.

Les heures passent. Patrick souffre terriblement, même sous morphine et après plusieurs injections. De 0 à 10, sa douleur se chiffre à 14. Je mesure le drame, lui qui supporte toujours tout. Il faut opérer d'urgence. Il est portant midi quand de transfert en transfert, nous finissons par rencontrer la chirurgienne. Ornella Détivelli[6].

Elle prend soin de consulter le dossier que j'ai par bonheur avec moi. Il y manque juste une page, … la plus importante ! La description de la dernière opération du professeur de Montpellier. Tant pis, elle ira à l'aveuglette. La vie de Patrick est entre ses mains.

J'ai peur. Très peur. Je n'ai encore prévenu personne de la famille. Manou, sa mère, n'est toujours pas au courant de la maladie de son fils. C'est son enfant préféré. Patrick a voulu la préserver et se préserver. Comment pourrai-je être la messagère ? Des années durant, toutes les fois où elle m'appelait pour me demander de nos nouvelles, elle finissait invariablement par :

— Et mon fils ? Il va bien mon fils ?

Et moi j'entendais :

— Et mon fils ? Qu'as–tu fait de mon fils ?

Comment lui annoncer maintenant que son fils a un cancer ? Et que nous le lui cachons depuis plus d'un an ?!

---

[6] *Les prénoms et noms des médecins ont été changés.*

L'opération est reportée à cause d'une autre urgence. Il est quatorze heures. Soit plus de dix-huit heures après les premières douleurs quand il est amené au bloc opératoire. Sur le brancard, il me fait répéter les codes des entreprises. Il ne faut pas bloquer la marche de ForProf, si le pire arrive. Il me demande de prévenir les experts comptables et son ami Bernard. Il me donne des consignes pour les sociétés. Il vérifie et me fait répéter. Je ne retiens rien, il insiste encore. Cette fois, pressée par son ton, je mémorise les précieuses informations.

Avant de passer les portes du bloc et après un dernier baiser :

— N'oublie pas le petit cheval d'Enzo ! Dis à Gilles d'aller le chercher demain.

Ne pas oublier, jamais, le docteur Détivelli. Elle a dit qu'elle opèrerait à l'aveuglette. Je m'effondre sur un fauteuil de la salle d'attente. J'attends depuis maintenant plus de vingt heures, je n'ai pas dormi. Je suis au-delà de la fatigue et de l'angoisse. Elle est là, brusquement devant moi, avec une infirmière. Elle a encore le bonnet du bloc, sa blouse verte. Elle est rouge et transpirante. Mais elle m'annonce : — J'ai trouvé le problème. C'est un trou à l'estomac, provoqué par une fuite de la chimio du cathéter hépatique. Et non aux intestins. Ce qui veut dire qu'il n'y aura pas de septicémie, qui aurait été mortelle pour votre mari. Il est hors de danger madame.

Elle sourit : « Ce n'est pas terminé, je retourne au bloc. »

Malgré la turbulence de son métier et sa propre fatigue, elle a trouvé le temps de venir me rassurer. Elle a eu l'humanité de venir me dire que l'homme que j'aime ne mourra pas. En tous cas, pas cette fois.

CONSOLATIONS

« ForProf, c'est une entreprise simple comme bonjour ! »
assène-t-il dans le journal de bord d'un collaborateur.

Depuis que nous menons ce combat, il me dit souvent,
quand j'insiste pour qu'il se repose « C'est un bonheur de
travailler avec ces gens ! Ils ajoutent de la vie à mes jours et
des jours à ma vie. »

Il m'explique qu'il doit se donner des challenges pour
ne pas mourir. Après une énième opération, en sortant de
l'hôpital, nous passons un soir à ForProf. Il a tenu à voir
l'équipe. Il s'assoit au milieu d'eux. Il a gardé son duffle-coat,
lui si peu frileux. Tous se pressent autour de lui, avec affection
et respect. Il capte la lumière. Il est affaibli, mais tient encore
à prodiguer ses conseils. L'atmosphère est émue, car nous
avons la conscience aigüe d'un moment rare.

Plus que ses mots, chacun vient chercher près de lui, un
peu de sa force et de son énergie.

Et de la maison, il continue de répondre aux mails ou
aux appels.

A une collaboratrice, fine et douce, qui s'enquiert de sa
journée à l'hôpital, en lui demandant si elle n'a pas été trop
éprouvante :

— Si, très éprouvante, de plus en plus éprouvant au fil du
temps… On ne se blinde pas, on ne peut pas consentir à
souffrir davantage au fil du temps. Les techniques se
complexifient et portent atteinte au corps et à l'esprit…
heureusement il y a ma formidable famille rapprochée et une

belle équipe positive chez ForProf, ce qui rend la vie belle et à vivre.

A une responsable de scolarité dynamique et empressée, trop peut-être :

— Votre boulot ce n'est pas la gestion de plannings, mais la gestion de psychologies. On gère des gens de haut niveau, habitués à dominer (élèves, étudiants, profs en formation continue,…). Il faut qu'on passe plus de temps à se parler, car il faut vous habituer à des jeux de rôles (avec les profs, avec les stagiaires, avec les coordinateurs) et également apprendre à gérer les registres de communication.

A une autre qui se plaint d'un professeur n'ayant pas voulu intervenir :

— On n'attire pas les mouches avec du vinaigre. Normal, je vous avais dit de lui expliquer que son groupe n'allait pas démarrer à Paris et que nous pouvions lui proposer Saint-Quentin pour une année et lui promettre Paris pour la suivante. Vous lui proposez le miel à Paris et le vinaigre à St Quentin… Pas bête la mouche… faudra réviser vos notions de RH…

Ou encore, lors de la rentrée :

— Je ne suis pas inquiet. Tout juste préoccupé.
Seulement préoccupé ! Il y a une grosse différence ! L'inquiétude génère des toxines, alors que la préoccupation génère de la vigilance et de la réflexion. Je suis habitué aux rentrées et pour moi c'est plus stimulant et mobilisant, qu'inquiétant.

De l'énergie toujours :

— Finalement la chimio me crève mais la cortisone me stimule, au final l'énergie positive déborde !
C'est mieux pour vous. D'un côté, vous devez supporter le vieil agité, mais d'un autre, je vous enlève toute une charge que vous ne pourriez assurer. Donc c'est un mal pour un bien !

Il conserve son humour ravageur.
A la consultante administrative qui lui présente un tableau Excel sur les prévisionnels :
— Impressionnant. J'avoue que j'y perds un peu mon latin. Pensez à apporter une bouée de sauvetage lors de l'explication de jeudi ! Merci.

Au mois d'août, à propos d'un fournisseur qui ne nous répond pas:
— Ils sont aux Bahamas avec nos thunes !

A un fidèle ému, à l'annonce de son cancer :
— Un oncologue reçoit un enseignant et lui annonce son diagnostic : Vous avez deux mois. L'enseignant réplique : Si ça pouvait être en juillet août !

Lettre à un chevalier

HOPITAL COCHIN, PARIS

Patrick, journal, 30 novembre 2014

« Je suis passé par une première phase qui a duré un an. Durant cette phase, je clamais que 85% de mon corps était en bonne santé, tandis que 15% de celui-ci avait le cancer.

Durant cette période, je me suis dit, il faut tenir, il faut endurer, sauver la face et surtout continuer le travail. En fait je me suis inscrit dans un rôle de patient, passif et un peu spectateur de ma maladie. Faire contre mauvaise fortune, bon cœur !

Garder mon humour, ma positive attitude et faire confiance aux staffs médicaux.

En dissociant la maladie du reste du corps, je pense avoir fait une sorte de déni de celle-ci. En la traitant comme une étrangère, je ne l'ai pas assumée. Ne l'ayant pas assumée, je ne l'ai pas vraiment et totalement combattue.

On dit que nombre de SDF se dissocient de ce que subit leur corps. A la fin de l'été, j'ai eu cette tentation de me dissocier de ce corps qui me fait mal, qui me contraint, qui empêche mon esprit et mon âme d'être libres.

J'ai compris que l'agencement du corps et de l'esprit est un travail de toute une vie et qu'un évènement difficile peut renforcer le lien entre corps et esprit.

J'ai la conviction que l'âme perdure au cours des siècles et que tout challenge d'une vie, le temps qu'elle dure est de travailler sur l'accord entre corps et esprit. »

MOQUERIE

Novembre 2014

Val d'Aurelle, Montpellier. Rendez-vous au sommet avec le chirurgien qui suit Patrick. Sont aussi présents, l'oncologue habituelle et quelques internes. Un aéropage qui va décider de son sort et de la continuité du traitement.

— Ah ! Vous êtes allés voir Iris ! constate le professeur en consultant son PC.

Oui, nous sommes allés à Villejuif rencontrer un autre chirurgien.

— Que vous a-t-elle dit ? reprend-il amusé

— Elle est arrivée au même diagnostic que le vôtre, répond Patrick. Mais il faut que je vous dise, j'ai eu une péritonite.

Le professeur en lâche son stylo.

— Ah ! Diable !

Nous commençons l'entretien. Du moins, le grand ponte enchaîne le commentaire des scanners d'un ton décidé.

— Comme vous le voyez, les tumeurs sont présentes ici et ici.

— Non, nous ne voyons pas.

Justement, nous ne voyons pas. C'est bien le problème. Le professeur continue avec des termes médicaux et scientifiques, bien compliqués et incompréhensibles pour nous, en toute connivence avec l'oncologue. Il conclut satisfait « Une opération est donc impossible ».

C'est un coup de massue. Car nous espérons cette opération comme un dernier recours. Et je faisais confiance à cet homme au regard ouvert et franc. Il se lève et nous laisse avec l'oncologue.

Je pose la question qui me taraude depuis plusieurs semaines. Il y a un autre traitement possible, la chirurgienne de Villejuif nous en a parlé. Il est moins contraignant que le Folfiri Avastin et ne contient pas l'Oxaliplatine que Patrick ne supporte plus. Ce produit provoque des fourmillements qui engourdissent et insensibilisent les mains et les pieds. Bientôt, nous a-t-on dit, il ne pourra plus marcher. Plutôt mourir du cancer ! a rétorqué Patrick.

— Que pensez-vous des anti-EGFR ?

J'ai pris mon courage à deux mains en prenant sur moi pour ne pas paraître aller contre l'avis de la toute-puissance médicale. L'oncologue souffle sur une mèche qui lui barre le front et se renfonce dans son fauteuil.

— Si vous voulez, on peut essayer les anti-EGFR …

Je ravale ma stupéfaction et ma déception. Rien. Pas une explication sur le traitement, sur les plus et les moins par rapport au précédent. Comme si cela n'avait pas d'importance. Celui-ci plutôt qu'un autre. C'est comme nous voulons. L'oncologue est complètement désabusée. Et elle continue de nous transmettre à chaque rendez-vous, son impuissance, son indifférence qu'elle essaye de masquer, en demandant bien après que nous nous soyons assis et en détournant une seconde la tête de son ordi : Oh ! Comment allez-vous ?

Elle tape quelques mots et prend le micro pour enregistrer le compte-rendu de l'entretien. Nous essaierons la thérapie ciblée avec les anti-EGFR. Elle nous fait patienter un instant, le temps de nous donner les nouvelles ordonnances. Nous attendons dans un renfoncement du couloir, à l'extérieur de son bureau. L'équipe du chirurgien est encore là. Ils discutent avec l'oncologue qui les a rejoints et qui parle d'une voix animée. Des éclats de rires fusent. Je m'avance un peu, naïve et souriante. Le chirurgien m'aperçoit et lance à son équipe :

— C'est tout à fait normal.

Silence gêné du groupe. J'ai la désagréable impression que nous étions le sujet de leur moquerie.

REPIT

Printemps 2015

Je suis heureuse. Je ne pensais pas pouvoir dire pareille chose à cette date. L'an passé à la même époque, j'étais au comble du désespoir et de l'angoisse. Il n'y avait pas d'avenir à entrevoir, pas de projets à lancer, pas de futur à imaginer.

Et aujourd'hui, je suis heureuse.

Patrick va bien.

Certains jours, j'en arrive même à oublier ce qui nous est arrivé. La pensée ne m'en parvient que le soir avant de m'endormir. Un petit sentiment de culpabilité m'envahit, avant que je ne m'endorme après une courte prière. Longtemps les «Notre Père » ont interféré avec les « Je vous salue Marie », perdue que j'étais dans de sombres pensées.

Mais Patrick va bien. Dans son apparence physique rien ne laisse entrevoir la maladie qui nous frappe. Les résultats des analyses et son bon état clinique général stupéfient les médecins. Après vingt-cinq chimios, sept opérations, vingt kilos perdus, il est encore debout. Des projets pleins la tête, d'autres en cours de réalisation. La gestion de ses entreprises assumée pleinement.

Pourtant il reste six tumeurs au foie. Mais notre vie est presque normale. Des journées de grande fatigue succèdent aux journées de perfusion. Patrick met un point d'honneur à ne pas laisser la maladie mener le jeu. « L'esprit doit être plus fort que le corps. »

Je retrouve le guerrier que je connais depuis toujours.

Lettre à un chevalier

FAMILLE ET AMIS

Gilles, anniversaire de mariage :

Happy honey moon !!!

Chaque année, c'est un peu une lune de miel qui recommence. Je vous aime.

Je tenais à te remercier Patou pour tout le bonheur que tu nous apportes au quotidien.

Nous formons une vraie famille. Je n'ai pas eu l'occasion de te le dire, mais merci beaucoup de prendre soin de ma petite maman et de la rendre heureuse.

Je vous embrasse et je pense fort à vous.

Gilles

Réponse de Patrick :

Mon grand Gibalou,

Tu m'as scotché... moi le grand bavard, je suis resté sans voix.... Inoubliable.

Je t'embrasse bien fort. Patounet

Nous avons été discrets avec l'entourage, échaudés par l'éloignement de proches que nous pensions nos amis. Si j'en suis abasourdie, Patrick n'est pas étonné :

— Les gens ont peur de la maladie. Elle rebute et ils n'osent pas en parler, comme si elle pouvait les toucher. Elle les met face à leur propre mort.

C'est vrai, beaucoup ne demandent plus de nouvelles, car ils ne savent plus s'il faut poser ou non la question « comment vas-tu ? ». Nous subissons de cruelles déceptions.

Mais nous recevons de lumineuses grâces et de belles surprises.

Car des courageux restent à nos côtés, dans une présence aimante et réconfortante. Jacques, Raphaël, Dominique, Yannick... et bien d'autres apportent leur présence inestimable. Certains reprennent contact. Plusieurs traversent la France pour lui rendre visite, échanger, être là tout simplement.

Sylvie, près de nous depuis l'annonce de la maladie est d'un soutien sans failles. Sa précieuse amitié et sa sincère empathie permettent de partager l'indicible.

Isabelle, proche de Patrick depuis leurs jeunes années, s'enquiert avec constance et gentillesse de son état. Lui envoie des ouvrages et des messages d'amitié. Ses prières nous accompagnent régulièrement.

Jacques :

Lâche pas, mon ami ! On est là ! Nous avons encore tellement de choses à vivre. Je pense que les rayons du soleil de Pau vont s'ajouter à ceux de chez toi ! Je me prépare pour samedi prochain et je te sens à mes côtés !

Isabelle et Michel :

Coucou Patrick,

Je viens aux nouvelles. Comment s'est passée la semaine ?

As-tu reçu les BD que nous t'avons fait envoyer ? Juste pour te dire (mais tu le sais déjà) que l'avenir ne nous appartient peut-être pas, mais ce n'est pas le cas du présent. Autant profiter de chaque moment et ne pas se laisser abattre.

Bises de la part de nous deux à vous deux

Bonjour Isabelle et Michel,

J'avoue que je ne savais pas qui avait envoyé les BD. Il n'y avait aucun message. Un grand merci !

Nous sommes touchés par les nouvelles rudes mais nous faisons face. C'est la vertu des couples solides.

Nous allons retarder notre venue à St Honorat car je vais avoir des séances de rayons assez rudes en novembre.

Merci de vos pensées bienveillantes. Bye bye

Patrick

Patrick qui ne se lasse pas d'étudier, s'est remis à la philo, discourt de longs moments avec Bernard et …Bernard. « La vie est un long apprentissage » répète-t-il.

Bernard B. :

Il faut aimer le bonheur et détester le désespoir… Reprends vite des forces.

A très bientôt mon ami.

Je t'embrasse. B.B.

Avec Bernard B., les échanges sont souvent des « fulgurances ». Patrick déteste « qu'on se paye de mots » et ils veulent toujours « aller vers l'essentiel, en évitant les bavardages ». La notion du temps qui passe est pour eux un élément fondamental !

Bernard est « persuadé que si Patrick en a le temps, il consacrera l'essentiel de sa fantastique énergie vitale à aider son prochain, c'est un véritable chrétien. »

Et Bernard D.:

Il m'a semblé que jeudi tu retournais en chimio, je t'y accompagne non pas avec ce que j'ai de courage, le tien est déjà si grand, pour supporter ces traitements, mais par l'espérance qui en naît. Dans ce temps de vie qui débute, celui où le temps est offert et nous appartient encore plus car il est à nous de le partager avec ceux que l'on a choisis.

Construire, oui j'aime ce mot, toi-même tu l'emploies aussi car tu n'es pas de ceux qui renoncent à être, qui s'étiolent, n'ont plus qu'à dire que de la maladie ou de leurs petits-enfants... Nous en parlons aussi, parce que nous les aimons, parce qu'être malade et le dire c'est rompre ce face à face, briser une solitude qui parfois rend le monde sombre. Mais nous en parlons sans renoncer à être et construire des projets de vie, mais pas du clés en mains.

André, (dit Andrech) ami fidèle depuis l'école normale
Cher Patrick

Absorbé par le choc de ton message, je prends la plume pour te dire qu'en cet instant, je mesure réellement la profondeur et la solidité des liens qui nous unissent. Nous nous sommes côtoyés de longues années pris chacun dans notre tourbillon de vie personnelle, familiale et professionnelle. Nous n'avons pas toujours été d'accord, avec chacun un caractère bien trempé. Mais nous nous sommes toujours respectés et notre amitié a fait

le reste. Au cours de ces dernières années, j'ai appris à te connaître et à déceler en toi de grandes qualités humaines. [...]
Tu as su démontrer ta force et ton courage en d'autres occasions et je ne doute pas que ce soit encore le cas aujourd'hui. [...]
  Ton ami Andrech

24 août 2015

En réponse à un ami très cher qui lui recommande de ne pas se laisser envahir par le blues :
« C'est bon d'avoir le blues, cela me repose un peu… ras le bol d'avoir le moral malgré tout ce qui peut m'arriver… J'aime aussi ce moment où je me laisse glisser vers le fond de la piscine, où je perds pied, où je siphonne toutes mes amertumes et déceptions.
Et puis cela a donné un si beau style musical ! Mon préféré avec le gospel. Bises »

Patrick, journal, 22 septembre 2015 :
« UNE VIE PARTAGEE ENTRE
TU - MEURS ET TU VIS. »

Lettre à un chevalier

LA PENSEE MAGIQUE

Si je fais tout bien et mieux, il ira mieux. Tu es la fille de la pensée magique, sourit-il. J'achète les ouvrages des oncologues qui délivrent la vérité vraie sur l'alimentation. J'étudie leurs recommandations sur les produits aux substances nocives ou bénéfiques. Je cours les magasins bios pour lui trouver des légumes de saison. Je les cuisine à la vapeur, sans gras.

Patrick grimace devant les assiettes et fait triste mine devant le frigo. « Pourquoi il n'y a plus de calendos ici ? Et de sauciflard ? Pas de jambon non plus ? Tu veux que j'aille faire les courses ?! J'ai envie d'une bonne pizza ! » Je lui r a p p e l l e que la charcuterie n'est pas bonne pour lui et encore moins les pizzas. Il se rebelle. « Mais je vais mourir de faim au lieu d'un cancer ! » J'essaie de le convaincre que les smoothies aux fruits jaunes ou orange lui apporteront des nutriments essentiels à sa guérison. « Beurk !» est la réponse aux mixtures colorées. Je me persuade que s'il se nourrit bien, la maladie ne pourra pas progresser. Plus de laitages, plus de repas carné. J'appelle les amis qui nous restent et qui nous invitent à déjeuner, pour leur donner les consignes avant le repas, pas de gras, pas de sauce, pas de fromages, pas de gâteaux, mais des légumes verts et des fruits en compotée ou cuits. S'il ne mange que cela, il guérira.

J'achète les crèmes pour sa peau devenue sèche et fragile, Xeroderm, Avene, Aderma, Eucerin. Je le masse consciencieusement. Son beau visage, ses larges épaules, son dos massif, ses bras, ses jambes dont la peau pèle et laisse des pellicules sur les vêtements et les draps.

Je le nourris de mon amour. Si je m'applique, alors il ira mieux.

Il essaye de me raisonner. « Marie, je sais que tu crois que je guérirai et que je n'aurai plus rien, mais le cancer ne fonctionne pas comme cela. Je m'affaiblis. Tu t'en rends compte ? J'aurai peut-être un répit de quelques années, mais il y aura toujours un traitement à prendre ».

Justement, je vérifie à chaque rendez-vous à l'hôpital pour les cures de chimio, qu'il a bien pris ses comprimés de Solupred, d'Emend et de Zophren. Que le patch anesthésiant est bien en place une demi-heure avant la perfusion. J'appelle les infirmiers pour les piqures de Neulesta et le retrait du perfuseur.

Je scanne son dossier médical, j'enregistre ses analyses, je mets à jour l'historique des cures, je note les prises de médicaments et les horaires, sur des tableaux calibrés dans des fichiers Word. Je sauvegarde le tout sur des clés usb, que j'emmène partout avec moi. Je dois être rigoureuse et scrupuleuse. Je passe la maison au vinaigre. Les sols, les meubles, les poignées de porte, les coussins. Le vinaigre enlève les germes résistants à l'eau de javel. Ainsi, il n'aura pas d'infection supplémentaire.

Je m'active, je dois être active, je ne dois pas penser, je marche au bord du gouffre. Et si jamais? Non, non. Cela ne sera pas. Il ne faut pas penser à cette éventualité.

Patrick guérira, parce que c'est lui, parce qu'il n'est pas comme tout le monde, parce qu'il a toujours mené ses combats à des fins de victoire. Cette fois ne fera pas exception. Il y arrivera avec sa volonté, son énergie et son courage.

Il est immortel.

LA FOI

Patrick, journal, août 2015

« Je crois en Dieu. Pour moi, Dieu est une force d'amour qui comme une colonne d'eau monte vers le ciel et retombe sur nous en une pluie fine et bienveillante. J'aime le chemin du Christ qui pardonne, qui refuse de juger et veut aider les plus démunis. J'aime l'idée de la rédemption, c'est-à-dire pour chacun, la possibilité de racheter les mauvaises actions par de bonnes actions. J'aime l'idée de donner à chacun une chance d'être meilleur.

Un message toutefois ne manque pas de m'interroger : au royaume de Dieu, les premiers seront les derniers ! Cela veut-il dire que ceux qui se comportent bien, qui ont réussi socialement, qui ont une jolie femme, des enfants en bonne santé, ceux-là seront-ils les derniers au royaume de Dieu ?

La foi est une chance pour qui a perdu ses meilleurs amis, a vu disparaître les gens qu'il aime, pour qui voit au fond de son lit les forces lui manquer, au moment où la santé nous abandonne. Découvrir les chemins savoureux de la foi est une chance. De même que nourrir les autres de la force de sa prière ou connaître la force de la prière des autres vers soi-même.

Une prière ce n'est pas une récitation à décliner. Une prière c'est demander de l'aide pour améliorer la vie, effacer les souffrances des gens à qui on souhaite du bien. Le fait de prier pour un autre, c'est un moyen de l'aider à surmonter ses difficultés.

Je peux attester que durant l'année 2014, les pensées appuyées et prières m'ont donné la force de surmonter mes difficultés (presque trente chimios à ce jour et sept grosses opérations). Lorsque je me suis réveillé après l'hospitalisation et l'intervention chirurgicale à Cochin, j'ai ressenti que ma vie qui ne tenait qu'à un fil, était une vie posée sur un socle. Un socle d'amitié, un socle d'amour, un socle d'espérance pour ma petite, ma simple vie.

Ce socle de bienveillance, d'espoir et de foi m'a donné le goût de vivre après être passé aussi près de la mort. Ce socle est solide. Il est la résultante des forces d'amour, de bienveillance, d'espérance, d'amitié et de foi dirigées vers moi.»

« Ma croyance et ma foi sont aussi iconoclastes que je le suis pour tout le reste de ma vie ».

DANS LA VOITURE QUE TU VEUX PAS

OCTOBRE 2015

Nous partons de la maison pour la énième chimio. Je ne les compte plus. Patrick s'installe dans la voiture côté passager.

— Je te remercie bébé de m'amener et de m'accompagner.

— Mais enfin mon cœur ! C'est naturel ! Qui le fera sinon ?

— Je sais, mais c'est gentil. En plus tu le fais dans la voiture que tu veux pas. J'éclate de rire.

— Oui, c'est vrai, dans la voiture que je veux pas !

Je n'aime pas le coupé Mercedes tape-à-l'œil, rouge et décapotable, mais surtout automatique. Sur l'autoroute, tout va bien, mais quand il s'agit de se garer, de freiner ou de manœuvrer, panique à bord !

— Oui mon cœur, mais puisque tu es bien dans la Mercedes, nous prendrons la Mercedes !

Quelques coups de freins confus et malencontreux plus tard, en pensant débrayer, je regretterai encore plus ma Laguna maniable et sans mystère.

Lettre à un chevalier

IDEAL

— Tu te rends compte de ce que tu me disais quand nous nous sommes rencontrés ?

Il faut que l'homme que je choisirai puisse me porter. Hein ?! Je ne peux même plus porter ma valise !

Ton héros c'est Ulysse ? Eh bien Ulysse quand il est rentré chez lui, il bandait encore son arc. Ce que les autres prétendants n'ont pas réussi à faire. C'est une symbolique forte, l'arc. Moi, c'est pareil, je ne peux plus bander quoi que ce soit ! Les sirènes m'appellent ? Pff ! Je leur dis, laissez-moi tranquille ! Allez…

Nous rions de bon cœur.

— Mais mon prince, même sans bras et sans jambes, je t'aimerais encore ! Tu es pour toujours mon guerrier et mon seigneur.

RADIOEMBOLISATION

Sur les recommandations du professeur Guérin[7], nous partons en Suisse pour tenter la radioembolisation. Procédé que l'on nous refuse en France car pas encore diffusé, onéreux et pas remboursé par la sécurité sociale ; mais qui sauve des vies depuis 15 ans chez nos voisins suisses et britanniques et depuis 20 ans aux Etats-Unis. Le traitement est quelque peu terrifiant, avec ces billes radioactives, qui en passant par un cathéter, vont jusqu'aux tumeurs qu'elles détruiront. Elles et seulement elles, si rien ne fuite.

Patrick :

— J'étais actif, je serai radioactif !

En réponse à Aurélie, mail du 1er octobre 2015 *Aurélie,*

Tout a fonctionné comme sur des roulettes. Normal car il s'agissait d'introduire des billes radioactives

Les tumeurs vont passer un quart d'heure et moi aussi pendant quelque temps.

Merci de vos bonnes pensées et mots toujours bien bienveillants.

PF

---

[7] *Les noms des médecins ont été modifiés*

02 octobre 2015.

Une coordinatrice, devenue une amie chère, s'inquiète aussi :

« Ce qui me chagrine le plus, c'est ce que tu me dis de ton état de santé. J'espère que tu ne souffres pas trop, que tu gardes le moral et surtout l'envie de te battre. Facile à dire, je sais bien, surtout quand on ne vit pas dans le corps et l'esprit de la personne qui subit, mais c'est mon espoir à moi! ... Je penserai bien à toi, avec toute l'énergie positive possible, pour que cette radioembolisation réussisse. »

Patrick :

« La radioembolisation est réussie dans son acte 1 et le produit agit durant six mois et pas avant un mois. En attendant j'ai les ACE (marqueurs cancéreux) à 500 quand ils sont à moins de 5 chez un non cancéreux.

J'ai un moral hors norme et une endurance de triathlonien, je m'en rends compte dans les yeux de médecins qui hallucinent en me voyant si frais après 35 chimio en quadrithérapie et dix interventions chirurgicales allant de 1h à 8h.

Je me suis laissé aller à un certain lâcher prise durant cet été qui fut assez terrible. Comme j'ai un moral d'acier, un peu de déprime ce n'est pas forcément désagréable, c'est fatiguant d'être superman !

Tout va sur de bons rails à présent. Sans cette radioembolisation je ne devais pas finir 2015. Donc en principe que du bonus et du bonheur. Je suis néanmoins un homme heureux, très heureux surtout depuis 2 ans ou la vie affective, familiale et professionnelle, sont perçues avec une nouvelle acuité et une saveur nouvelle. Cette maladie aura eu du bon pour moi.

De 0 à 40 ans, j'ai eu une vie difficile et peu glorieuse, donc l'endurance et la résilience sont mes compagnes depuis toujours. Et rien ne me fait peur, ni la vie, ni la mort.

Je n'aurais pas réussi ForProf sans cette base solide de confiance en moi et optimiste acquise au fil de mes 40 premières années....

Merci de ton aide et de ta compassion.

Bien amicalement

Patrick »

Lettre à un chevalier

SPLEEN

Quand le ciel bas et lourd pèse comme un couvercle
Sur l'esprit gémissant en proie aux longs ennuis,
Et que de l'horizon embrasant tout le cercle
Il nous verse un jour noir plus triste que les nuits.

[…]

Et de longs corbillards, sans tambours ni musique, Défilent
lentement dans mon âme ; l'espoir
Vaincu, pleure, et l'Angoisse atroce, despotique, Sur
mon crâne incliné plante son drapeau noir.

Baudelaire, *Les fleurs du mal*

Ne pas oublier qu'un jour il a dit « Je te dédie mon combat ». Ne pas l'oublier, dans les paroles dures, les exaspérations et autres agacements. Ne pas l'oublier dans les jours de peine, dans les jours sans joie.

Dans la nuit du vingt-quatre octobre, Patrick a une crise d'épilepsie. Diagnostiquée d'abord comme une « crise de tétanie » par l'incapable médecin traitant, qui a prescrit du magnésium. Nous allons quatre jours après sur mon insistance, à l'hôpital de Montpellier. Une crise de tétanie ne dure pas si longtemps. Et là un nouveau malheur s'abat sur nous. Deux, puis trois tumeurs au cerveau sont décelées. La crise d'épilepsie en est un symptôme. Nous sommes anéantis. Trop c'est trop. Nous espérions tant !

De la radioembolisation. Nous espérions tant ! En une rémission prochaine.

Nous pleurons silencieusement sur la route du retour. Il pleut. Des trombes d'eau s'abattent sur le pare-brise. Et je suis aveuglée par les larmes. L'autoroute glissante est encombrée de semi-remorques. L'un d'eux déboite sans prévenir devant moi. J'ai la tentation de laisser la voiture là où elle est. C'en serait fini. La fin pour tous les deux. En même temps. Un dixième de seconde de réflexion. C'est trop. Un dixième de seconde où l'instinct de survie prend le dessus et où les réflexes me poussent sur la voie de gauche, dans un concert de klaxons.

Les pleurs continuent de couler. Qu'allons-nous devenir ? Que vais-je devenir. Rien n'est possible sans lui. N'a-t-il pas assez montré sa bravoure et son courage ? N'a-t-il pas démontré son endurance et sa capacité à supporter les pires souffrances ? N'était-ce pas suffisant ? Ne méritions-nous pas un répit ?

Mais j'ai oublié. J'ai oublié que l'an passé, je souhaitais juste une année. Juste une année quand le médecin lui avait asséné qu'il n'avait plus que quatre ou cinq mois à vivre. J'avais imploré et prié le Ciel pour une année de plus. Une année pour avoir le temps de s'aimer.

Contre toute attente, il se relève et tient toujours le cap. Le deux novembre, il échange avec les responsables de formation :

— Goodissime ! Ce fut une belle rentrée. Et je vous en remercie. Je vais du mieux que je peux en attente des séances de rayons qui ne vont pas tarder. J'ai gardé l'essentiel de mes facultés (enfin me semble t-il :-)))).

Il est opéré des tumeurs au cerveau le mardi 10 novembre. Par un jeune chirurgien, aux faux airs de Macron. C'est un succès. Il est heureux d'avoir conservé sa lucidité qu'il pensait perdre à la suite de cette opération. Et la cicatrice est invisible dans les cheveux que le chirurgien n'a pas rasés. Il s'en réjouit :

— Super ! On voit que dalle !

Normalement, il doit rester hospitalisé au moins une semaine. Mais à l'infirmière qui le trouve éveillé au milieu de la nuit :

— Monsieur Foglia, que faites-vous assis ? Recouchez-vous s'il vous plaît !

— Je fais ce que je veux !

A une autre qui lui reproche de se tourner avec les perfusions :

— Vous, je ne vous écoute plus.

Aussi, quand il exige de sortir le vendredi, soit moins de quatre jours après son opération, tout le service est d'accord. Nous signons la décharge de responsabilité et nous filons à la Grande-Motte, au bord de mer. Le dimanche, moins d'une semaine après l'opération, nous emmènerons notre petit-fils aux bébés nageurs !

« Dans la Torah, il est dit qu'une personne qui visite un malade lui enlève un soixantième de sa maladie.

— Dans ce cas, il suffirait que soixante personnes visitent un malade pour qu'il guérisse ! Et les médecins seraient tous au chômage.

— Non, car il faut que ces soixante personnes aiment le malade autant qu'elles s'aiment elles-mêmes.»

BONTE

NOVEMBRE 2015

Nous rencontrons le professeur Guérin [8], du pôle digestif de Saint-Eloi. Il nous avait recommandés au CHU Vaudois pour la radioembolisation. C'est un homme exceptionnel à l'écoute du patient et qui ne part sur aucun a priori. Il nous avait redonné espoir en posant sur Patrick un regard neuf. Nous le rencontrons de nouveau, près de deux mois après l'opération en Suisse. Entre-temps, les tumeurs au cerveau se sont déclarées.

Il nous reçoit sans blouse blanche, en regardant Patrick dans les yeux et en se levant pour l'accueillir. Son calme et son regard honnête sont réconfortants. Il s'écarte de son ordinateur et nous explique les conclusions du scanner du foie. Il comprend nos demandes au sujet de l'immunothérapie mais insiste sur le fait que Patrick est très fatigué.

— Vous avez été très courageux ! Subir une opération du cerveau après la radioembolisation!? Maintenant il faut vous reposer. Vous en avez besoin, dit-il avec un bon sourire. C'est bientôt Noël, profitez-en. Faites ce que vous avez envie de faire. Mangez ce que vous voulez, ne vous privez pas.

Il ne nous enlève pas l'espoir d'une rémission et nous conseille de rencontrer un de ses collègues. Car dans le domaine de la recherche, tout change tous les quinze jours et

---

[8] *Le nom a été modifié*

il y a de nouveaux protocoles. Je perçois toutefois de la réserve. Il nous sait prêts à tout et nous parle du MD Anderson Academy, à Houston aux Etats-Unis.

En sortant, Patrick s'effondre.

— Il m'a vu trop fatigué ! J'aurais dû me reposer ! Il m'aurait proposé un traitement, alors que là, il ne peut pas, je suis en miettes !

Je m'enfuis dans le service voisin prendre rendez-vous avec l'autre professeur. Nous y reviendrons le lendemain.

Le jour suivant, le professeur que nous rencontrons dans le service contigu, nous explique que les recherches concluantes pour l'instant, le sont pour les cancers de type héréditaire. Ce n'est pas notre cas. Il n'est plus envisageable de se rendre aux Etats-Unis.

15 DECEMBRE 2015

Il annonce lui-même à son équipe rapprochée.
« Mon foie est en panne et sans redémarrage sur 4 ou 5 jours,
la vie n'est pas possible. »
Il a l'énergie d'avoir un mot pour chacun.

A Franck :

*Je n'ai jamais eu meilleur collaborateur que vous en 20 ans de
ForProf. Ce fut un honneur de travailler avec vous. Je vous aime comme
un fils. Navré si je vous impose une nouvelle blessure.*

*— Patrick, je vous remercie pour votre message plein d'amour. Je suis
désolé que l'espoir ne soit plus permis.*
*Vous aurez toujours une place particulière dans mon cœur. Je vous
promets de faire vivre tous les enseignements que vous avez pu m'apporter.*
*Vous avez fait de moi un homme meilleur, je vous en serai toujours
reconnaissant et ne vous oublierai pas. Vous pouvez compter sur moi.*
[…] Je suis heureux d'avoir partagé ces quatre belles années avec vous.
Je vous embrasse,
Franck

A Brigitte :

J'espère arriver à Noël. Je vous embrasse et vous souhaite le meilleur.
*Je compte sur vous pour faire du joli ForProf. Vous êtes à mes yeux,
une star.*

— *Monsieur Foglia,*

Je n'ose croire à cela car votre volonté a toujours prouvé que *vous pouviez vous sortir de bien des difficultés, là où d'autres auraient renoncé. [...] Je prie pour vous, moi qui d'habitude n'y crois pas, en espérant un mieux ! Mon papa avait le même tempérament que vous et c'est aussi pour cela que j'ai tant apprécié travailler à vos côtés !*

Un grand Chef, c'est le mot qui me vient à l'esprit !

Je vous embrasse et espère encore et toujours que vous allez nous surprendre à nouveau. Brigitte

A Aurélie :

Je suis en phase terminale. J'espère arriver à Noël. Je vous embrasse et vous souhaite le meilleur. ForProf continue et a besoin de vous. Vous êtes indispensable.

— *Monsieur Foglia,*

Je suis tellement triste de vous lire et je ne trouve pas les mots. Je voulais travailler avec un génie et je vous ai rencontré. Vous m'avez beaucoup appris et beaucoup donné tant professionnellement qu'humainement.

Je vous en remercie et je vous embrasse. Aurélie

CŒUR BRISE

Vous ne saurez jamais que j'emporte votre âme
Comme une lampe d'or qui m'éclaire en marchant ;
Qu'un peu de votre voix a passé dans mon chant.

Marguerite Yourcenar,
Les charités d'Alcippe

— On ne pouvait pas me faire tomber !!!
Tu te rends compte ! On ne pouvait pas me faire tomber !!!

Sa voix se brise dans un sanglot. Nous sommes à
l'hôpital, à Saint-Eloi. Tout est allé très vite au début de ce
mois de décembre. Nous avions commencé les séances de
rayons dès le 1er. Patrick avait très mal supporté la première
irradiation. Il ne tenait plus sur ses jambes et par fierté,
refusait de s'appuyer sur moi. Il était rentré titubant dans la
chambre d'hôtel. Mais il m'avait rassurée.
— Tu sais bébé, les premières fois sont toujours difficiles.
Mon corps rejette toujours les nouveaux traitements.

J'avais bien voulu le croire, trop heureuse de le voir debout,
un peu affaibli mais toujours vaillant. Après tout, il était
joueur de rugby. Il tenait bon dans les mêlées. Deuxième
ligne. On ne pouvait pas le faire tomber.
Et puis au bout de la cinquième séance, je m'aperçois qu'il
a les yeux jaunes. Nous sommes au restaurant en bord de mer.
Il déguste des huîtres, il s'en était fait une joie. Je ne dis rien

sur le moment pour ne pas gâcher l'instant... et parce que j'ai peur. Le soir, rien n'a changé. Je l'en avise le lendemain au petit déjeuner. Il faudra le signaler au radiologue. C'est un jeune homme en qui Patrick a toute confiance pour l'implication qu'il met dans ses auscultations.

A l'hôpital, le radiologue est d'abord soucieux, silencieux, puis il parle.

— Monsieur Foglia, il faudra vous hospitaliser. Il faut objectiviser l'observation. Je ne suis pas spécialiste, mais c'est peut-être le foie qui grossit.

Dans le jargon médical, cela signifie que d'autres tumeurs sont nées.

Patrick est hospitalisé le 09 décembre à Saint-Eloi. Son état se dégrade de jour en jour. Il est placé en chambre seule. Alors que nous y avions rarement eu droit, car il y avait toujours plus malade que nous. Nous savons ce que cela veut dire, mais nous voulons croire et espérer. Je veux croire et espérer.

Mais le lundi 14, le verdict tombe. Le foie ne fonctionne plus. La vie n'est plus possible. Je ne suis pas là quand les médecins l'annoncent à Patrick. Il me l'apprend plus tard avec une sorte de lumière dans le regard. Aucun désespoir.

Nous rentrons à la maison dès le mardi 15. Après la dixième et dernière séance de rayons. Même s'il sait que ces séances sont inutiles et qu'elles le fatiguent terriblement, Patrick tient à s'y rendre. En brancard, sous oxygène, en ambulance.

Courage, force et honneur.

Et mon cœur s'est brisé.

Le lundi 21, dans l'après-midi, alors que nous sommes rentrés à la maison depuis près d'une semaine et qu'il est installé en lit médicalisé, Patrick me souffle :

— J'en peux plus, bébé !

— Mon amour, pars quand tu veux, je sais que tu as fait ton possible, que tu t'es battu jusqu'au bout. Nous nous retrouverons, nous partons avec tout l'amour que nous éprouvons. Tu peux partir quand tu veux.

Ces mots m'arrachent l'âme. Mais ils semblent le libérer.

Il s'éteindra dans la nuit, vers deux heures du matin.

« On ne pouvait pas me faire tomber ! me répétait-il quand il vacillait après les séances de rayons.

On ne pouvait pas me faire tomber ! Quand il n'avait plus de forces pour se redresser.

On ne pouvait pas me faire tomber. »

« Vous voudriez connaître le secret de la mort.

Mais comment le trouverez-vous sinon en le cherchant dans le cœur de la vie ?

Car la vie et la mort sont un, de même que le fleuve et l'océan sont un.

Car qu'est-ce que mourir sinon se tenir nu dans le vent et se fondre dans le soleil ?

Et qu'est-ce que cesser de respirer, sinon libérer le souffle de ses marées inquiètes pour qu'il puisse s'élever et se dilater et rechercher Dieu sans entraves ?

C'est seulement lorsque vous boirez à la rivière du silence que vous chanterez vraiment. »

Khalil Gibran, *le prophète*

Chanson composée par Alain Z., en hommage à Patrick

Extraits.

Une arabesque dans un ciel d'or
Une bouffée d'air qui libère mon corps Des pas
qui claquent sur un pavé, à peine séché.
Un rire s'étire dans la cité
Se fond dans une langueur d'été Et l'œil,
d'un dernier feu se pare, qui laisse imaginer
que tout Se passe comme si l'instant
présent Avait le goût de l'instant d'après.

Alors dis-toi que ces instants-là
Ces vibrations, ces petits riens
Qui font de nous l'égal de Tout
On n'te les prendra pas, ils sont à toi
[…]
C'est maintenant que tu connais
La fin du film où tu as joué
Que les nuances prennent tout leur sens, Toute
leur beauté.

Lettre à un chevalier

Table des matières